정말 외로운 그 말

정말 외로운 그 말

초판 1쇄 발행 2025년 12월 31일

지은이 정우련
펴낸이 강수걸
편집 이선화 강나래 오해은 이소영 이혜정 유정의 한수예
디자인 권문경 조은비
펴낸곳 산지니
등록 2005년 2월 7일 제333-3370000251002005000001호
주소 부산시 해운대구 수영강변대로 140 BCC 626호
전화 051-504-7070 | 팩스 051-507-7543
홈페이지 www.sanzinibook.com
전자우편 sanzini@sanzinibook.com
블로그 sanzinibook.tistory.com

ISBN 979-11-6861-557-1 03810

* 책값은 뒤표지에 있습니다.
* 잘못된 책은 구입하신 곳에서 교환해드립니다.
* 본 사업은 2025년 부산광역시, 부산문화재단 〈부산문화예술지원사업〉으로 지원을 받았습니다.

부산광역시 BUSAN METROPOLITAN CITY　부산문화재단 BUSAN CULTURAL FOUNDATION

정우련
소설집

정말 외로운 그 말

산지니

차례

재심 7

정말 외로운 그 말 43

은어가 사는 강물 83

클레멘타인 117

여왕의 향기 149

물계자의 노래 183

작가의 말 217

재심

그는 아들의 자취방에서 늦은 아침을 먹는다. 아
침이래야 전날 먹다 남은 멕시칸 타코와 누군가 커
피 메이커에 내려둔 커피 한 잔이 전부다. 집 안은 깊
은 물속처럼 고요하다. 뉴욕 퀸즈의 우드사이드 54번
가에 있는 100년이 훌쩍 넘은 3층짜리 공동주택. 아
들은 중국인 소유의 이 집 2층에서 한국인 유학생 네
명과 함께 자취를 하고 있다. 뉴욕의 비싼 방세를 감
당하기 위한 나름의 방책으로 2층 관리 일을 도맡아
하고 있다. 자취생들의 월세를 받아 집주인에게 전달
하고, 공실이 생기면 입실자를 구하고, 2층 청소 같은
일들을 책임지는 역할로 방세의 40프로만 부담하는
혜택을 받는다. 대낮에도 불을 켜지 않으면 깜깜한,
기차 레일처럼 좁고 기다란 복도를 사이에 두고 각자
방 한 칸씩을 차지하고 부엌이며 샤워기가 딸린 화

장실은 공동으로 쓴다. 이곳 자취생들이 학교로 또는 알바 일터로 떠나버린 텅 빈 집은 어딘지 이물스럽다. 세를 주기 위해 변형한 조잡한 공간 탓인지 며칠 후면 떠날 집이라서인지 영 정이 붙질 않는다.

타코를 두어 조각 베어 무는데 톡이 온다. 재심 결정을 했는지 묻는 민 변호사의 톡이다. 톡을 확인하다 얼결에 혀를 깨물었다. 아니 깨물었다기보다는 꽉 씹었다는 편이 맞겠다. 너무 아프다. 저도 모르게 신음이 새어 나온다. 있는지 없는지 의식해 본 적도 없는 입안의 혀. 혀끝의 통증이 재심 결정에 대한 생각보다 먼저 와서 온 신경을 송두리째 앗아가 버린다. 화장실 거울 앞으로 가 입안을 비추어 본다. 혓바닥에 금세 피가 맺혀 불그죽죽하게 부풀어 오르는 게 보인다. 식욕이 저만치 달아나 버리고 만다. 자취생 다섯이 각각 한 칸씩 사용하는 부엌 선반에서 누구 건지도 모르겠는 꿀병을 찾아내어 혓바닥에 바른다. 룸메들 물건이라면 소금 한 꼬집도 집어내지 말라던 아들의 당부가 떠올랐지만 하는 수 없다. 잠시 통증이 가라앉는 듯하다. 젊은 시절 그 잔혹했던 고문도 이겨낸 사람이 이까짓 걸로 엄살인가 싶어서 쿡 웃음이 난다. 재심 이야기야 어제오늘 일은 아니다. 과거사 위원회 쪽에서 처음 이야기가 나왔을 때나 고문

후유증으로 고생하는 그에게 재심을 권한 동료에게
도 손사래를 쳤다. 지금은 세상 떠난 아내가, 재심에
서 승소하여 적잖은 보상금을 받은 동료들 이야기를
할 때도 되레 역정을 내었다. 통일 운동을 하느라 밖
으로 도는 자신을 지지해 주고 지청구 한 번 하지 않
던 아내의 말이었지만 그조차 귓등으로 흘렸던 것이
다. 그는 15년여 간의 옥살이를 분단된 조국에서 태
어난 숙명이라고 여기고 살았다. 그랬던 그도 힘들게
지내는 아들 앞에서는 마음이 한없이 약해졌다. 라구
아디아 공항으로 마중 나온 아들은 전에 없이 초췌해
보였다. 아들을 발견하자마자 와락 끌어안고는 그뿐,
자취방으로 가는 택시 안에서 그도 아들도 말없이 창
밖만 내다보았다. 누구 하나 건드렸다가는 울음보가
터질 것 같은 아슬아슬한 순간이 지속되었다. 아내가
말기암으로 세상을 뜬 그해에 아들은 느닷없이 미국
유학을 가겠다고 했다. 그는 난감했다. 아들은 무슨
연유인지 재즈에 꽂혀서 실용음악과에 진학했는데
한국에서는 재즈를 제대로 배울 선생이 없다고 툴툴
거렸다. 그는 재즈뿐 아니라 음악에 대해서라면 도통
아는 것이 없었으므로 입을 닫을밖에. 그보다는 어쩌
다 한 번쯤 요청이 오는 강연이며 자유기고 원고료,
정부 보조금 등으로 겨우 살아가는 형편에 유학이라

니. 아들도 그의 처지를 알고는 경비에 대한 일체의
의논이 없었다. 알바를 몇 개 뛰고 장학금을 받을 수
있는 대학에 원서를 넣고 출국일을 통보했다. 그는
죽어도 미국 가서 죽겠다는 아들에게 제 나라를 두고
왜 그깟 미국까지 가서 죽는다는 건지, 해보고 안 되
면 돌아오라고 말한 게 고작이었다. 한국을 떠난 뒤
가끔씩 보내오던 메일은 점점 뜸해지더니 한동안 아
무런 연락이 없었다. 적은 돈이라도 모이면 어쩌다
한 번쯤 부쳐주는 일 이외에 구태여 받아야 할 소식
같은 것도 별로 없었다. 그래도 나라 안이라면 한 번
쯤 찾아가 보기라도 하겠지만 해외라니 속수무책이
었다. 기다리는 수밖에 별도리가 없다고 체념하고 있
던 차에 짧은 메일이 왔다.

오늘, 브루클린 브리지를 걸었어. 엄마 아빠 생각이
너무 많이 났어. 자물통에 엄마 이름 아빠 이름을 새
겨서 다리 난간 철 와이어에 걸어두고 왔어. 아빠는
오래 살아야 돼. 엄마 대신 나를 지켜줘야 된단 말이
야. 엄마도 없는데 아빠까지 없으면 나는 세상에 외
톨이야. 형제자매라도 좀 만들어주지 왜 이 험한 세
상에 달랑 나 하나만 던져놨어?

울컥 울음이 치밀었다. 그는 메일을 읽고 또 읽었다. 한참 사고를 치던 사춘기 적에는 왜 자기를 낳았냐고 소리치던 아들이었다. 그는 민 변호사를 찾아가 재심을 의논했다. 아들과 태평양을 사이에 둔 영상통화를 하는 동안, 그는 무슨 수를 쓰더라도 아들을 보고 와야겠다는 결심을 했다.

아들과 함께 보낸 한 달이 마치 일 년은 더 된 듯이 길게 느껴진다. 하루에도 몇 번씩 찬물로 샤워를 해도 돌아서면 땀이 나는 7월의 더위 속에서 그는 자꾸만 움츠러든다. 아들은 유독 사춘기를 혹독하게 치렀다. 중3 때는 아이들과 어울려 훔친 오토바이 뒤꽁무니에 여학생을 태우고 폭주를 하다 트럭을 들이받는 사고를 냈고, 여학생은 전치 9주의 부상을 입어 병원에 입원했다. 이 일로 아들은 소년원에 수감되었다. 매주 김해대교를 건너 면회를 갈 때마다 몸도 성치 않은 아내는 눈물바람을 했다. 어느 날, 소년원 면회실 유리에 이마를 대고 아이가 울먹였다.
　아빠, 지난번에 화내서 미안해요. 정말 사진 찍기 싫었거든요.
　지난주 가족 합동 면회 때 일을 두고 한 말이었다. 그날, 아이가 치를 고입 검정고시 일자가 일주일 뒤로 바짝 다가와 있어서 지원서에 붙일 사진이 필요했었다. 소년원에 갇혀 있는 아이를 사진관에 데리고 갈 수도 없는 처지라 면회 간 김에 미리 준비해 온 카메라로 사진을 찍어 갈 요량이었다.

벽에 좀 붙어 서봐.

그는 아이를 회색 담벼락으로 황급하게 밀었다. 한순간 아이의 얼굴이 새파랗게 질렸다. 아이가 입고 있는 푸른색 단체복이 얼핏 마음에 걸리긴 했지만 워낙 사진이 급했다. 아이가 외마디 소리를 질렀다. 두 손으로 얼굴을 가리고 땅바닥에 주저앉는 아이를 보는 순간 그는 번뜩 정신이 들었다. 아, 내가 지금 무슨 일을 저지른 거지? 그는 아이가 이 현실을 얼마나 끔찍해하는지 깨달았다.

그랬구나. 아빠 그것두 모르고 혹시 네가 시험을 못 치게 될까 봐 그저 불안해서. 아빠가 더 미안해. 자식 마음 하나도 못 헤아리는 사람이 무슨 아빠 자격이 있겠니.

그의 눈자위가 금세 붉어졌다. 면회실의 투명 유리를 통해 아이를 보고 있자니 가슴이 미어터질 것만 같았다. 저 영리하고 천진하던 아이가 저리된 건 모두 자신의 탓이란 자책감 때문이었다. 면회만 갔다 오면 가슴이 아파 어쩔 줄 몰랐다. 언젠가부터 아이는 그의 시선을 마주 보지 않았다. 아이는 늘 어딘가 먼 곳을 보고 있었다. 아이의 눈이 가 있는 그 먼 곳은 어딜까. 아이는 왜 늘 자신의 눈을 바로 보지 않는 걸까. 밤 12시가 넘으면 도무지 갑갑해서 집 안에 있을 수가 없다고. 밤만 되면 막 바깥을 돌아다니고 싶다고 했다. 그러고는 무슨 수를 써서라도 집 밖으로 나가 돌아다니다 새벽녘이 되어서야 돌아오곤 했다.

아무도 나를 모르는 먼 곳으로 가고 싶어.

그때, 아이의 그 말이 얼마나 불길하게 들렸는지 모른다. 아이는 그가 국가보안법, 반공법 위반으로 교도소에 갔다 온 사실을 알고 있었다. 아비를 이해하기에는 너무 어린 나이였다.

―그땐 아빠가 너무 뭘 몰랐어.

간밤에 그는 밤늦게 알바를 마치고 지쳐 돌아온 아들을 앉혀 두고 뒤늦은 사과를 했다. 아들은 뜬금없이 무슨 소린가 영문을 모르겠다는 표정으로 그를 멀뚱하게 쳐다보았다. 아들은 학자금을 벌기 위해 휴학을 하고 한인타운에 있는 바비큐 가게에서 늦게까지 알바를 했다. 그는 아들이 사 온 멕시칸 타코를 안주로 캔맥주를 나누어 마셨다. 모처럼 마주 앉은 자리를 빌려 한 번쯤 하고 싶었던 말이었다.

―그땐 너를 어떻게 이해해야 할지 알 수가 없었어.

그는 아들의 사춘기를 떠올리며 말했다.

—난 언제부턴가 그런 게 다 기억이 안 나 아빠. 사실을 알고 있는 것과 기억이 있는 건 다르거든. 사실은 듣고서 알 수 있겠는데, 난 기억이 없어.

아들이 힘없이 그를 마주 보았다.

—나 뇌에 무슨 문제가 있는 건 아닐까. 그래서 두려워요 아빠. 사소한 일에도 상처받고 우울하고 힘들고 울고 그러면서 기억력이 감퇴하고. 뇌가 망가지는 게 아닌가 싶어. 사실은 나 책이 안 읽힌 지 좀 됐어요. 공부를 계속할 수 있을지도 의문이야. 내가 얼마나 무모했는지 모르겠어. 아무도 나를 모르는 곳, 내가 누구 자식인지 모르는 이곳에서라면 뭘 해서든 헤쳐나갈 수 있을 거라고 생각했으니까. 아빠 말처럼 해 보고 안 되면 한국에 돌아가면 그뿐이니까. 근데 이제 와서 노래도 안 되고 활자도 못 읽고… 중학교 때 고등학교 때 아무런 기억이 없어. 초등학교도 물론이고. 어제는 고등학교 때 밴드부 하던 친구가 여행 왔다가 나를 찾아왔더라구. 그 친구 말이, 우리 학교 축제 때 내가 보컬을 했는데 그때 여학생들이 그렇게 따랐대. 수경이란 애는 나를 스토커처럼 따라다녔다는데 그 애 얼굴도 이름도 하나도 기억이 안 나. 2학년 때는, 아빠가 간첩이라는 소문이 돌았다는 거

야. 소문낸 애랑 붙어서 소각장 옆에서 둘이 피 터지
게 싸웠대. 근데 나는 아무 기억이 없거든. 아무런 기
억이 없다니까. 엄마 돌아가시기 전까지 살았던 바퀴
벌레 나오던 집 말이야. 거기서 뭘 하며 지냈는지도
기억이 안 나. 필리에서 2년 알바하면서 어학연수하
고 여기 온 지 3년 됐는데 필리에서 학교 다닌 기억도
없어. 배운 것도 다 까먹고 읽은 것, 본 것, 다 없다구.
이게 말이 돼?

　아들의 목소리가 점점 동굴 속으로 기어드는 것처
럼 낮게 가라앉았다.

　—기억력이 좋아지는 영양제를 좀 먹어보는 건 어
떨까. 호두도 좋다던데.

　그는 아들의 이야기가 영 실감이 나지 않았다. 자신
은 열아홉 살 때의 기억, 그러니까 50여 년 전에 철순
이와 광호에게 포섭되어 문산 가는 기차 안에서 검문
당하던 기억까지 어제 일처럼 생생한데. 그때 권총이
들었던 보스턴백 손잡이의 촉감까지도 생각나는데
아들은 이제 스물아홉 살이 아닌가. 스물아홉 살이
불과 10여 년 전의 일조차 기억나지 않는다니 그로서
는 믿지도 믿지 않을 수도 없는 사실이었다.

　—지금 호두로 해결될 문제라면 내가 왜 이러겠어.
지난 기억이 싹 지워져 버렸다니까. 이게 병이라고.

내 말이 무슨 말인지 모르겠어? 아, 증말.

아들이 답답해 어쩔 줄 모르겠다는 듯이 이마로 흘러내린 앞 머리카락을 입술바람으로 훅 불었다. 세월이 흐르면서 자연스레 생긴 망각이 아니라 어느 한 시기가 삭제되어 버렸다고. 그걸 병이라고 느끼는 심각한 상황을 제대로 인식하지 못하고 영양제나 호두를 처방이라고 들이댔으니. 그는 맥락을 제대로 짚지 못하고 엉뚱한 소리를 한 스스로가 한심했다.

─우리 가게에서 일하는 사람들도 보면 다 싸이코 같아. 제정신 가진 사람이 하나도 없고 다 조금씩 이상해. 공부하러 왔다가 몇 년째 알바만 하는 사람도 있어. 하긴 나도 뭐 별다를 게 없지만. 쟁반에다 그 무거운 곱돌을 몇 개씩이나 쌓고 고기랑 반찬까지 얹어서 어깨 위로 한 손바닥에 받치고 그 가파른 계단을 2층 3층까지 나르다 보면 손목이 나가버려. 팔목에 파스 붙이고 보호대 감고 일해도 잘 때는 통증 때문에 끙끙대다 깨가지고 진통제를 몇 알씩 먹고 자기 일쑤야. 내가 무슨 시시포스도 아니고 똑같은 일을 뺑이 치다 보면 진짜 돌아버린다구.

─웅아, 여기서 그리 고생하지 말고 차라리 가방 싸서 아빠랑 한국 가자.

할 말이 궁한 나머지 그는 자신이 생각해도 한심한

말을 또 하고 말았다.

─아, 증말 아빠, 웰케 말이 안 통해? 그래두 여기서는 팁 받아 모으면 학비를 할 수 있잖아. 한국 가면 어디서 돈을 이만큼 벌어.

그는 아들이 카톡 문자로 늘 괜찮다 괜찮다 할 때마다 그 말을 다 믿은 건 아니지만 제 맘 편하자고 그리 믿고 싶기도 했었다.

─낼 상담받으러 가서 선생님한테 다시 물어볼까? 이 정도라면 너무 심각한 것 아닌가? 같은 반 했던 친구 얼굴, 선생님 이름 하나도 기억이 안 나.

─박동주 선생은?

─박동주는 아빠 친군데다 아빠가 자주 소식을 전해주고 계속 말하니까 기억나지. 다른 선생님 이름은 한 개도 기억이 안 나. 단 한 명도. 아빠가 나랑 함께 아는 사람 이름 함 말해봐. 내 선생님 중에.

─초등학교 운동회 때 너랑 약국집 딸이랑 둘이 교단에 세워주고 학예회 때도 노래시켰던 소국희 선생님은 기억 안 나?

─소국희? 몰라. 당근 기억 안 나지. 나 학예회 때 강당에서 노래하던 기억, 큰북 칠 때 기억 다 안 나. 그게 다 사진이 남아 있어서 그때 일을 설명해 주니까 그걸 보면서 내가 그랬나 부다 하는 거지.

─겉으로 보기엔 이리 멀쩡한데 참, 그럼 기억상실
증인가?

그가 눈을 크게 뜨고 침대에 기대앉은 아들을 마주
보았다.

─엄마 이름은 기억나?

그가 장난스레 아들을 쳐다보았다.

─엄마 이름 이경순, 아빠 이름 강민석.

아들이 소리 내어 웃었고 그도 따라 웃었다.

─엄마 아빠 이름은 안 까먹으니까 그거라도 다행
인가?

아들이 이내 웃음기를 거두었다. 아들의 말이 그의
가슴을 아프게 파고들었다. 먼저 간 아내의 빈자리
가 그럴 수 없이 크게 느껴졌다. 대입 일자가 임박한
아들 걱정에 자신의 암 발병 사실조차 숨긴 아내였
다. 아들의 대학 합격을 누구보다 기뻐하던 제 어미
의 갑작스러운 죽음 앞에 아들은 한동안 말문을 닫
았다. 그의 상실감이며 자책감 또한 이루 말할 수 없
었다. 5년 동안이나 그의 옥바라지를 하면서 아들을
홀로 키운 아내였다. 아내를 처음 만났을 때, 그는
간첩 혐의로 10년간 옥살이를 하고 막 출소한 29살
의 청년이었고, 그녀는 지역의 국립대학 학보사 기자
였다. 그는 첫 출소 후 해운대 백사장에 천막을 치고

여름 한철 장사를 시작했다. 해수욕객들에게 돗자리며 파라솔, 튜브, 수영복 등을 빌려주고 아이스께끼며 빙수도 팔았다. 그 뜨거운 여름날, 간첩 혐의로 징역을 살고 막 출소한 청년이 있다는 말을 듣고 그녀가 운동권 학생들과 함께 찾아왔다. 그는 몰려드는 해수욕객들을 상대하느라 바쁜 나머지 마주 앉을 형편이 아니었다. 그들이 떠나는 뒤통수에 대고 그가 말했다.

비 오는 날 놀러 오세요.

해수욕장에 비가 오면 피서객이 없어서 장사를 못 하기 때문에 놀 수 있다는 뜻이었다. 훗날 그녀는 그 말이 참 낭만적으로 들리더라고 기억했다. 그녀는 그의 언질대로 비 오는 날, 후배 기자를 대동하고 그에게 갔고 이후에도 비가 오면 그를 만나러 갔다. 그녀를 만나 생전 처음 사랑에 빠진 그 뜨거웠던 여름을 그는 영원히 잊지 못한다. 그녀 가족들의 반대로 도망치다시피 집을 나온 아내와 한 이불 속에 들고 아들을 낳고, 아이를 목욕시키는 일상은 그리 오래 가지 못했다. 아이의 백일상을 차리느라 좁은 부엌에서 기름 냄새를 풍기던, 여름엔 뜨겁고 겨울엔 참기름이 얼던 그의 옥탑방으로 가죽점퍼를 입은 기관원 둘이 찾아왔다. 잠시 같이 좀 가야겠다는 그들을 따라나선 그 길로 그가 다시 5년간 더 옥살이를 하게 될 줄 누가 알았겠는가. 첫 출소 이후 특사 검방에서 그가 조선노동당에 가입한 사실이 발각된 것이었다. 말이 조선노동당이지 감옥 안에서 무슨 활동인들 할 수 있었을까. 꽈배기로 들어간 그 5년이 앞서 10년간의 옥살이보다 더 힘겨웠던 것은 그에게 아내와 아들이 생긴 탓이었다.

문득, 잠에서 깨어난 라라가 긴 복도를 뛰어다니기 시작한다. 이내 고요했던 집안이 수런거리며 깨어난다. 라라는 아들이 유기묘 보호소에서 데려온 어린 고양이다. 반려동물 동반 금지 규칙 때문에 중국인 주인에게는 백 년 된 이 집에 출몰하는 쥐를 잡기 위해서라고 둘러댔지만 사실은 외로움 때문일 것이었다. 다행히 고양이가 오고부터 쥐가 없어졌고 자취생들도 집에 오면 라라부터 찾는다. 라라는 선반 위며 냉장고 위까지 높은 곳만 골라 뛰어다니다 창문틀에 자리를 잡는다. 등을 식빵처럼 말고 창밖을 내다보는 모습이 그럴 수 없이 우아하다. 이 삭막한 집 안을 생기 있게 만드는 유일한 짐승. 비취색 눈을 가진 이 갈색 고양이에게 그도 어느새 마음을 빼앗겼다.

사흘밖에 남지 않은 한국으로 돌아갈 날짜를 꼽아보며 외출 준비를 한다. 브루클린 브리지를 걷고 오후에는 아들이 알바를 나가는 바비큐집 근처 맨해튼 32번가에 있는 고려서적에서 만나기로 했다.

메트로 카드와 현관 열쇠를 챙겨 넣고 배낭을 멘다. 그가 외출하려는 낌새를 알아챈 라라가 따라 나오려고 재빨리 현관문에 붙어 선다. 그는 라라를 안아서 정수리 부분을 두 손가락으로 쓸어 주고는 실내로 밀어 넣는다. 삐걱거리는 계단을 내려오는데 라라가 발톱으로 문 긁어대는 소리가 들린다. 다시 들어가 라라와 좀 놀아주고 나와야 되나 하고 잠시 망설이다가 그대로 집을 나선다.

우드사이드역으로 가기 위해 길가 상점들을 구경하며 걷는다. 망고스틴이나 그린파파야, 구아바 같은 열대과일을 산더미처럼 쌓아 놓고 파는 마트 앞에는 늘 멕시칸 여성들 몇이 과일을 고르고 있다. 길가 풍경들이 이제 어지간히 익숙해 보인다.

우드사이드역에서 탄 7번 트레인은 지상 구간이다. 창밖으로 시가지 풍경이 환히 내다보여서 지루하지 않다. 퀸즈를 지날 때 즈음해서 각 층마다 창문이 일제히 열려 있는 빌딩 하나가 눈에 들어온다. 직물 생산 공장인 듯 노동자들이 재봉틀 앞에 앉거나 서서 작업에 열중하고 있는 모습이 정지화면처럼 다가온다. 그는 재빨리 밀려나는 빌딩 속 풍경을 조금이라도 더 보려고 고개를 뒤로 젖혀가며 따라가 본다. 노동 현장은 언제 보아도 그에게 희미한 옛사랑의 그림자 같은 애틋함을 남긴다. 그도 열아홉 살 여름방학에 생산 공장에 다녔다. 부산의 당감동에 있는 고무 공장이었다. 그때, 그곳에 다니지 않았더라면 그의 인생은 좀 달라졌을까. 덜컹거리는 전철의 기계음을 들으며 눈을 감는다. 쉴 새 없이 돌아가는 컨베이어 벨트 위로 배호의 노래 〈돌아가는 삼각지〉가 흐르고 하얀 고뭇가루가 부유하던 그곳. 문득 벤젠 냄새가 나는 것 같다. 그렇다. 냄새로 말한다면 그 시절은 그에게 벤젠 냄새로 기억된다. 하루 종일 머리가 어질어질하고 속이 매스꺼워서 구토가 날 지경인 그 지독한 냄새 말이다.

　아폴로 11호가 달나라에 가고 박정희 대통령이 삼선개헌안을 변칙 통과시키던 해. 암스트롱이 2시간 32분 동안 밟은 달은 계수나무도 옥토끼도 살 수 없는 황무지였다. 박정희란 이름이 적어도 그로부터 10년간은 더 대통령의 고유명사가 될 것이었다. 아버지가 꿈에도 그리던 해주 땅을 다시 밟아보지 못한 채 오랜 병석에서 돌아가시자 그에게 대학은 사치였다. 여름방학 동안 학비를 벌어야 했으므로 사촌 형이 다니던 부산의 당감동에 있던 고무 공장에 들어갔다.

그는 재단실에 배치되었다. 재단실에는 늙은 재단 기사를 비롯해 나라시라고 부르는 청년들이 원단을 평평하게 고르는 작업을 하고 있었다. 아이방쟁이라고 불리는 이제 막 초등학교를 졸업한 임시공 아이들. 그 아이들이 허연 고뭇가루를 눈처럼 맞으며 일했다. 나라시들이 고무 원단을 차곡차곡 쌓아서 재단대에 올리면 늙은 재단 기사는 신발 만들 크기로 된 가다라고 부르는 틀을 기계에 넣고 원단을 잘랐다. 원단은 신발의 겉면이 되는 벨로아, 블루진, 목면류 등의 천에다 생고무를 벤젠으로 녹인 고무풀을 묻혀서 만들어야 했다. 그가 로리삽으로 고무풀을 떠서 천에 부어주면 기계가 돌아가면서 골고루 풀을 묻혀주는 식이었다. 그때 나는 벤젠 냄새가 얼마나 지독했는지 모른다. 비단 냄새뿐만이 아니었다. 벤젠 가스는 또 얼마나 위험한 것인가. 통풍장치가 있었지만 벤젠 가스를 충분히 빨아들이지는 못했다. 특히 비 오는 날에는 가스가 밑으로 가라앉아 언제나 화재 위험이 도사렸다. 출근할 때, 경비실에서는 성냥이나 라이터 같은 인화 물질을 철저히 압수했다. 수출 물량이 달리던 월남전 당시라 납기일을 맞추기 위해서 한 시도 쉴 틈이 없었다. 기계를 늘 초고속으로 돌려서 스파크가 일어나고 불똥이 마구 튀었다. 작업반장은 턱밑에 화상 자국을 달고 살았다.

고무 원단을 깔다가 기계에 손이 딸려 들어간 열네댓 살짜리 어린 공원의 단말마가 꿈속까지 찾아와 소스라쳐 깨어나곤 했던 나날들. 사촌 형의 자취방에 얹혀 지내면서 쥐 오줌이 번져 있는 천장을 올려다보노라면 어디서부터 오는지 모를 분노가 스멀거렸다. 토끼 굴에 들어간 소녀가 나오는 동화를 읽던 시절 이후 처음으로 일기를 썼다. 여름방학, 한 달도 안되는 그 기간이 그에게는 그토록 길고 아득하게 느껴질 수 없었다. 일기를 쓰다 충동적으로 짧은 글을 하나 써서 지역신문 독자투고란에 보냈다. 그때는 그것이 자신의 인생을 어디로 데려갈지 짐작조차 하지 못했다.

태양 고무 공장에는 사원 변소와 공원 변소에도 차별이 있다. 수세식인 사원 변소와 달리 구더기가 우글거리는 칸막이조차 없는 재래식 공원 변소는 앞에서 볼일 보던 사람이 담뱃불 좀 빌립시다, 하고 손을 내밀면 나오던 똥도 쑥 들어가 버리고 말 정도이다. 사람은 누구나 태어나면서부터 자유와 인권을 보장받고 차별받지 않을 권리가 있다. 태양 고무 공장은 노동자의 인권도 사원들의 인권과 똑같이 보장하라.

　-당감동 사는 강민석[*]-

그의 이름이 찍힌 그 짧은 글이 신문에 실렸다.

다음 날 그는 태양 고무 공장 사무실에 불려 갔다. 회사 명예를 더럽혔다고 빨갱이니 간첩이니 하는 온갖 욕설을 다 듣고 해고되었다. 그의 이름은 빛의 속도로 블랙리스트에 올랐다.

브루클린 브리지로 가려면 그랜드센트럴역에서 4번 트레인으로 갈아타야 한다. 행여나 하차 역을 놓치기라도 할까 봐 두어 정거장 전부터 긴장한다. 그랜드센트럴역에는 뉴욕 외곽으로 빠져나가는 기차역이 있다. 기차 시간이 되면 밀물처럼 밀려들었다가 썰물처럼 빠져나가는 인파로 붐빈다. 어디로 가는지 알 수 없는 사람들이 끝도 없이 역사를 빠져나간다. 그는 고문 후유증으로 남은 장애 때문에 한쪽 다리를 절면서 역사 기둥 옆을 지나친다. 기둥 옆에 키 작은 동양인 여자 하나가 서 있다. 그 모습을 일별하고 바

---

[*]　1970년대 〈부산일보〉에 실린 글을 인용하였다.

삐 오가는 사람들 틈에서 4번 트레인이 있는 통로 쪽
으로 걷는다.

　―한국 분이시죠?

　등 뒤에서 또렷한 서울말이 들려온다. 그는 얼른 뒤
돌아본다. 기둥 옆에 서 있던 키 작은 동양인 여자다.
여자가 그에게로 다가온다. 염색한 머리 뿌리에서부
터 손가락 세 마디만큼 흰머리가 올라오고 있다. 한
동안 염색을 하지 않은 모양이다. 한여름인데도 긴팔
옷에 두툼한 숄까지 두른 모습이 어딘지 불안정해 보
인다. 그는 먼 이국땅에서 만난 한국 사람에 대한 반
가움보다 경계심이 먼저 앞선다.

　―어디 가는 길입니까?

　여자가 묻는다.

　―브루클린 브리지에요.

　그는 예의를 다해 짧게 대답한다.

　―거기는 뭐 하러 가세요?

　그녀의 질문이 뜬금없어서 여기 사람들은 다 조
금씩 이상하다던 아들의 말이 떠올라 쿡 웃음이 나
온다.

　―아, 예 그냥.

　그는 대답을 얼버무리며 재빨리 가던 길을 재촉
한다.

브루클린 시청역에서 내리자 사람들이 우르르 한 방향으로 몰려간다. 멀리 현수교가 보이기 시작한다. 그도 대열에 섞여서 걷는다. 철 케이블이 양옆으로 날개를 펼친 형상의 건축물은 압도당할 만큼 웅장하다. 사람들은 한낮의 햇살 아래 드러난 이 아름다운 건축물 앞에서 사진 찍기에 여념이 없다. 다리 난간에는 사랑의 자물쇠가 철 와이어에 가득 걸려 있다.

아그네스, 애니, 마누, 파히마, 더글라스, 폴킴…. 이런 숱한 이국의 이름들과 사랑의 맹세와 감사의 말들이 새겨져 있다. 아들이 매단 자물쇠도 어딘가에 있을 것이다. 찾을 수 없을 것이란 걸 뻔히 알면서도 그는 자물쇠에 새겨진 이름들을 하나하나 살펴본다. 문득 거기는 뭐 하러 가세요, 하던 키 작은 한국인 여성의 질문이 귓가에 남는다.

브루클린 브리지에 엄마와 아빠의 이름을 새긴 자물쇠를 걸어두었다는 메일을 본 후 그는 그 이국의 이름을 가진 다리에 꼭 한번 가보고 싶었다. 그에게도 자물쇠에 새겨서 걸어두고 싶은 지워지지 않는 이름과 지키지 못한 약속이 있었다.

신문에 실린 짧은 글 때문에 해고된 뒤 그는 다른 공장에라도 들어가려 해보았지만 바로 블랙리스트가 튀어나왔다. 사촌 형의 자취방을 나와 발길 닿는 대로 가다 보니 광안리 바닷가였다. 한낮의 뙤약볕이 살짝 기울고 있었다. 하릴없이 걷다 백사장에 앉아서 하염없이 밀려갔다 밀려오는 파도를 보며 오래 앉아 있었다. 배가 고팠다. 그때, 한 청년이 다가와 라면을 끓이는데 같이 먹자고 그의 팔을 끌었다. 마다할 이유가 없었다. 텐트로 따라 들어가니 일행이 그를 반갑게 맞았다. 신 김치를 곁들인 라면을 꿀맛처럼 맛있게 먹고 통성명을 했다. 그의 나이보다 한 살 위인 이가 리철순, 세 살 위인 이는 최광호였다. 입에서 살살 녹는 쌀밥에 고깃국을 얻어먹으며 이 친절한 청년들과 어울려 이틀 밤을 보냈다. 밤에는 캠핑 온 다른 텐트의 여학생들과 모닥불을 피우고 놀았는데 광호와 철순은 여학생들에게 말도 한마디 못 붙이는 숙맥이었다. 철순은 강원도에서 왔다는데 황해도 해주 사람인 그의 아버지보다 이북 사투리 억양이 더 심했다. 어딘지 수상한 점이 한둘이 아니었다. 두 사람이 잠든 틈에 몰래 가방을 뒤져보았다. 옷가지들 속에서 딱딱한 것이 만져졌다. 권총이었다. 머리끝이 쭈뼛 섰다. 혹시 말로만 듣던 그 간첩이 아닐까, 하는 생각이 드는 순간 텐트를 빠져나가야겠는데 허방을 짚은 듯 발이 떨어지질 않았다. 가방을 뒤져본 걸 들키기라도 한다면 어떻게 될까. 이마에 선뜩한 총구의 금속성이 느껴졌다. 그가 텐트 밖으로 나가려는데 광호가 그의 이름을 불렀다.

온몸에서 힘이 빠져 달아났다. 돌아보니 언제 일어났는지 철순이 짐을 챙기기 시작했다. 그는 올 것이 왔다는 생각을 했다. 광호가 조심스레 입을 열었다.

우리는 평양에서 왔시오.

가슴이 덜컥 내려앉았다. 신문에 실린 사원 변소와 공원 변소 간에도 차별이 있다는 투고문을 읽고 그를 남한 사회에 반감이 있는 자로 판단하고 포섭대상으로 삼았다고 말했다. 광호는 세 번째 내려왔고 철순은 초행이었다. 그들은 이틀 후면 민통선이 있는 북한 접경지역인 문산에서 안내원을 만나 북으로 갈 예정이었다. 그에게 함께 동행하기를 권했다. 그들의 가방에서 권총을 발견했을 때, 도망칠 수도 있었는데 발이 떨어지지 않은 것은 왜였을까. 북한은 해주 사람인 그의 아버지가 살아생전 한 번만이라도 밟아보고 싶다고 노래를 불렀던 땅이었다. 그것이 얼마나 불온한 감정인지 모를 리 없었다. 하지만 그와 동시에 금단의 땅에 대한 호기심을 느꼈다. 변소에서조차 계급 차별이 존재하는 남한 사회의 부조리에 대한 반발심이 이는 것과 동시에 제 눈으로 북한의 실상을 확인해 보고 싶은 유혹을 느꼈다.

그들과 함께 부산역에서 새벽 첫차를 탔다. 대구역에 정차했을 때, 불심검문이 있었다. 그들은 바짝 긴장했다. 철순이 그의 귓가에 대고 말했다.

민석아 너만 믿는다.

기차 선반에 올려둔 스포츠 가방 두 개 중 한 곳에 권총이 들어 있었다. 발각된다면 그 자리에서 체포될 게 뻔했다. 군복을 입은 두 군인이 맨 앞자리에서부터 점점 다가오고 있었다. 그는 사투리가 심한 철순에게는 입도 뻥긋하지 말라고, 아예 자는 척하라고 신신당부했다. 마침내 군인 하나가 그들의 자리로 다가왔다.

선반 위에 있는 가방을 내려 보시오.

그는 재빨리 일어섰다.

친구들이랑 광안리 바닷가에서 캠핑하고 오는 길이라 땀 냄새 나는 옷가지들이랑 캠핑 도구밖에 없는데 뭐 볼 게 있습니까.

그가 너스레를 떨며 가방 하나를 내렸다. 그러고는 지퍼를 부욱 소리가 나도록 힘주어 열어 보였다. 군인은 가방 안을 살피더니 깊은 잠에 빠진 것처럼 보이는 철순을 일별하고 별 의심 없이 뒷자리로 물러났다. 권총이 든 남은 가방마저 열어보라고 했다면 어떻게 되었을까. 아찔한 순간이었다. 철순이 슬며시 눈을 뜨고 그를 끌어안았다.

민석아, 수고했다 이 자식아.

광호와 철순은 불심검문에 적극적으로 대처하는 그의 태도를 보고 완전히 긴장을 푼 모양이었다. 철순은 이제 그도 함께 운명공동체가 되었다고 생각했는지 없던 수다까지 떨면서 다정하게 굴었다. 고향 원산에 가면 명사십리 해당화보다 더 예쁜 해순이라는 여동생이 있다고. 민석이처럼 훤칠한 남자라면 자기 여동생을 얼마든지 소개해 줄 수 있다고. 또 제 형 성순이는 자기처럼 갑삭갑삭하지 않고 태집이 커서 아무도 못 건드린다고 소곤거렸다.

기차가 파주시 문산역에 내렸을 때는 이미 사방이 깜깜했다. 역 부근에서 하룻밤을 자고 다음 날 아침 일찍 문산읍 법원4리 초릿골에서부터 산길을 올랐다. 산봉산 정상에서 안내인과 접선하기로 되어 있었다. 산길은 초입부터 경사가 심한 바위 능선이어서 조금만 가도 등줄기로 땀이 흘러내렸다. 잠시 가족들의 얼굴이 떠올랐지만 고개를 저었다.

뒤돌아보지 말자. 뒤돌아보면 돌이 된다.

그는 주문을 외우며 마음을 다잡았다. 접선 장소에 도착했을 때는 능선에 날카롭게 선 바위 위로 햇살이

하얗게 퍼져 있었다. 땀을 훔치며 어디 앉을 자리가
없나 하고 둘러보았다. 그때였다. 난데없이 한 발의
총성이 날아들었다.

민석아, 엎드려.

철순의 높고 날카로운 목소리는 비명에 가까웠다.
그는 무언가 잘못 되어가고 있다는 것을 직감적으로
느꼈다. 두 다리에 힘이 풀려 그 자리에 털썩 주저앉
고 말았다. 이렇게 죽는구나 하는 생각이 들었다. 곧
이어 또다시 한 발의 총성이 울렸고 철순이가 믿을
수 없이 빠른 속도로 몸을 날려 그를 감싸안았다. 철
순이의 어깻죽지에서 피가 흘러내렸다.

살려주세요. 살려주세요.

그는 소리를 질렀지만 그것은 입안에서 맴돌 뿐 말
이 되어 나오지 않았다. 소나무 숲에 숨어서 그들을
기다리고 있던 군인과 경찰들이 일제히 그와 광호
를 포위해 왔고 재빨리 수갑을 채웠다. 철순이의 눈
이 허공에서 그를 찾고 있었다. 들것에 실려 내려가는
철순이를 보면서 그는 울음조차 나오지 않았다.

그것 참, 엉뚱한 놈이 맞았어.

눈이 부리부리한 경찰이 옆에서 같이 걸어 내려가
던 동료에게 하는 말이 그의 귀에 날카롭게 꽂혀왔
다. 그는 경찰이 총을 겨냥한 대상이 철순이 아니라

바로 자신이었음을 깨달았다. 광호가 전에 없이 안절부절못하고 곤혹스러워하는 것도 보였다. 나중에 안 사실이었지만 광호는 부산에서 출발하기 전에 아무도 몰래 혼자 광안리 경찰서를 찾아가서 자수를 했다. 철순은 그런 사실을 까맣게 모르고 있었다. 철순은 본능적으로 위험을 감지했고 그를 살려야 한다는 일념으로 기꺼이 총알받이가 된 것이었다. 철순은 다행히 목숨은 건졌지만 재판에서 사형선고를 받았다. 그가 대전형무소에 있을 때, 철순은 사형이 집행되어 세상을 떠났다. 그는 간첩혐의로 형을 살면서도 철순을 잊지 않았다. 형을 살고 나와 통일 운동에 가담하면서도 통일이 된다면 원산에 가서 명사십리 해당화 같은 철순의 여동생과 태집이 크다는 철순의 형에게라도 보은을 하리라. 제 몸을 던져서 그를 살린 철순의 은혜에 어떻게든 보답하리라 했다.

그는 배낭에 넣어온 자물쇠를 만지작거리나 노란 리본과 매직펜을 꺼낸다.

다리 난간 기둥에 '사랑은 되고 자물쇠는 안 된다'는 경고 표지판이 붙어 있다. 자물쇠를 달다가 적발되면 벌금이 100달러라고. 관광객들이 묶어 두고 간 자물쇠가 얼마나 많은지 그 무게 때문에 안전 문제가 불거지자 시에서 해마다 철거 작업을 한다고. 그는 노란 리본에 검은 매직펜으로 '조국통일기원 리철순 강민석'이라고 쓰고 두 이름자 사이에 빨간 펜으로 하트 모양을 그려 넣는다. 그는 다리 중간 지점쯤으로 걸어가서 리본을 다리 난간에 단단히 묶는다. 문득 허드슨강 쪽에서 한 줄기 바람이 불어와 노란 리본이 강바람에 나부낀다. 그는 잠시 그것을 지켜보다 천천히 다리 위를 걷는다. 스마트폰이 깨똑거리며 울린다. 고려서적에 오지 말고 집에서 보자는 아들의 카톡 문자다. 그러마 하고 답신을 보내긴 했지만 재심 이야기를 꺼내려던 참이라 조금 아쉬웠다. 아들과의 약속이 취소되자 그는 갑자기 할 일이 없어진 느낌이 든다. 그는 다리 끝의 기념품 파는 곳까지 갔다가 다시 뒤돌아 걷는다.

문산에서 체포되어 남산으로 끌려갔을 때, 그와 광호는 각기 다른 방에서 취조를 당했다. 광호의 진술은 그에게 여러 가지로 불리하게 작용했다. 그가 신문에 투고한 글이 계급의식으로 가득 차 있었다고. 그들은 그걸 보고 그에게 접근했고. 그가 처음부터 북으로 가는 데에 적극적으로 협조했으며 그들은 월북에 대한 어떤 강요도 하지 않았다는 진술이었다. 재판부는 간첩에게 적극 동조하고 자진 월북까지 감

행한 행위는 엄연히 국가에 대한 이적행위라고 판단
했다. 그는 10년 형을 선고받았다. 병약한 어머니는
그 충격으로 돌아가셨다. 가난한 형제들은 제 살기
에 바빠 그를 돌보지 못했을 뿐 아니라 혹시나 피해
가 갈까 그를 피했다. 그는 살아야 할 이유를 찾지 못
했다. 어떻게 하면 조용히 죽을 수 있을까를 연구하
느라 24시간이 부족했다. 그런 그에게 엄청난 충격을
준 사건이 일어났다. 조작된 재일교포 유학생 간첩단
사건으로 들어온 사람이 있었다. 그중 한 사람이 고
문을 견디다 못해 고문실에 있던 난로의 기름을 몸에
붓고 분신자살을 시도한 것이었다. 유학생은 조사관
의 눈을 피해 몰래 죽을 작정이었는데 몸에 불이 붙
자 자기도 모르게 본능적으로 살려달라고 비명을 질
렀다. 비명을 듣고 달려온 조사관이 교포 유학생을
병원으로 이송하여 목숨을 건졌다. 그 이야기를 들
은 그는 성신이 번쩍 들었다. 그 순간 어떻게든 살아
서 나가야겠다는 결심을 하게 되었다. 목숨이란 그렇
게 질긴 것이었다. 겨우 열아홉 살 나이에 간첩혐의로
들어온 그를 비전향 장기수 어른들이 제비 새끼 품듯
품어주었다. 그는 양심수 어른들의 통일에 대한 의지
에 감화를 받아 특사에서 일어나는 비인간적 처사에
저항하는 데 동참했다. 흉포한 권력에 맞서 목숨을

건 맹렬한 싸움은 한시도 그를 편안하게 놔두지 않았
다. 독방에 갇히는 건 다반사였다. 떡봉에 맞아 코뼈
가 내려앉고 방 안이 피바다가 되고 척추가 부러져도
굴복하지 않았다.

　그는 다리를 걸어 내려온다. 아들의 자취방으로 돌
아가기 위해 왔던 길을 되짚어가서 펜스테이션역에
서 환승을 한다. 아침에 볼일을 못 보고 나온 탓에 화
장실이 급해서 카페를 찾아 들어갔는데 대기 줄이 한
참 길다. 아무리 기다려도 들어간 사람이 나오지 않
는다. 성질 급한 사람 하나쯤은 빨리 나오라고 노크
를 해댈 판인데 다들 미동도 없이 스마트폰을 보거
나 얌전히 기다리고 서 있다. 한참 만에 화장실 문이
열린다. 그는 어떤 몰상식한 인간이 그렇게 오랫동
안 화장실을 독점하나 싶어서 화장실에서 나오는 사
람을 살핀다. 가만히 보니 그에게 한국 분이시죠, 하
고 또렷한 서울말로 말을 걸었던 바로 그 키 작은 여
성이다. 그녀는 검정 비닐봉지를 주렁주렁 매단 유모
차를 끌고 나와 맨 앞에서 기다리던 사람에게 사과를
한다. 샤워를 하고 나온 건지 그녀의 긴 머리카락이
젖어 있다. 그녀는 어쩌다 태평양 건너 이 먼 땅까지
흘러와 저렇게 정신 줄을 놓고 살고 있는 걸까.

금세 화장실 앞의 대기 줄이 사라지고 그의 차례가
온다. 그는 시원하게 볼일을 마치고 밖으로 나온다.
그녀는 어디로 갔는지 보이지 않는다.

*

아들은 무슨 일인지 늦도록 돌아오지 않는다. 그는
깊이 잠들지 못하고 뒤척인다. 어느 순간 깜박 잠이
들었나 싶었는데 어디선가 꾸르륵대는 소리에 깨어
난다. 아들이 언제 들어와서 코를 골며 자고 있는 게
아닌가 했는데 여전히 귀가 전이다. 가만히 보니 그
것은 풀벌레 소리이다. 한밤의 정적 때문인지 소리가
유난히 크게 들린다. 며칠 전에는 길 잃은 나방 한 마
리가 방 안으로 잘못 찾아들더니 이번에는 풀벌레이
다. 나방은 방에 들어왔다가 돌아 나갈 길을 찾지 못
해 이쪽저쪽 벽에 세 몸을 있는 힘껏 부딪히더니 침
대 위로 털썩 떨어져 버렸다. 어떻게 손쓸 새도 없이
날개에서 연갈색 가루가 이불 위로 묻어났다. 날개의
마지막 떨림이 멈춘 죽은 나방의 몸통이 생각 외로
컸다. 초등학교 때 교실에 잘못 들어온 나방이 기억
난다. 여자아이들이 합창으로 비명을 질렀다. 아이들
이 조신하게도 돌아 나갈 길을 만드느라 창문을 열

어주었는데도 나방은 교실 벽이며 닫힌 유리창 쪽에
다 온몸을 사정없이 부딪치고는 교실 바닥에 털썩 떨
어져 버렸다. 반장인 그가 부반장인 여자아이와 학교
화단에 나방을 묻어 주었다. 병치레가 잦아 자주 결
석을 하던 그 아이는 중학교 진학한 지 얼마 지나지
않아 마을 뒷산에 묻혔다.

　죽은 나방을 휴지로 싸면서 그는 그 여자아이의 너
무나 짧은 생애를 떠올린다. 그는 일어나 소리 나는
쪽으로 가만히 다가간다. 침대 밑이다. 사람 손가락
한 마디밖에 안 되는 이 작은 풀벌레 한 마리가 어떻
게 그렇게 웅숭깊은 소리를 낼 수 있는 건지 새삼스
레 마음이 숙연해진다. 사상전향제도에 저항하여 보
기 싫은 사람들을 보지 않겠다고 눈꺼풀을 바늘로 꿰
매버렸던 양심수 어른이 떠오른다. 고문을 견디는 일
보다 동료의 이름을 불게 될까 봐 더 불안에 떨며 차
라리 분신자살을 선택한 재일교포 유학생, 교도소 내
에서 자행되었던 그 야만적인 폭력 앞에 그도 또한
온몸을 던져 저항하지 않았던가. 이 작은 풀벌레 한
마리가 온몸을 비벼서 울음소리를 내듯이. 그는 풀벌
레를 조심스럽게 잡아 1층에 있는 잡초 마당으로 내
보내 준다.

　밤이 깊었는데도 라라는 긴 복도를 서성거리며 돌

아다니고, 그는 다리 난간에 묶어 두고 온 노란 리본
이 바람에 날리는 모습을 떠올리며 잠을 청해보지만
머릿속이 점점 더 또렷해진다. 자신의 이번 생은 이렇
게 끝나겠지만 남은 아들을 위해서 할 수 있는 일이
무얼까를 생각해 본다. 그는 한국에 돌아가면 곧바로
민 변호사를 찾아갈 결심을 한다. 자신에게 죄가 있
다면 이 분단된 조국에 태어난 게 죄라면 죄일까. 그
런 두서없는 생각을 하는데 누군가 어두운 복도를 살
며시 밟으며 걸어오는 발자국 소리가 들린다. 아들이
돌아오는 모양이다.

정말 외로운

그 말

─다른 사람은 몰라도 그 사람은 절대 안 됩니다.

곽 교수는 고개를 세차게 가로저었다. 학과장인 염 교수의 방에 모여 앉은 교수들의 눈이 일제히 그에게 꽂혔다. 의혹에 가득 찬 눈빛이었다. 다른 사람도 아니고 곽 교수가 어떻게 천 대표를 반대한다는 거지? 천 대표 때문에 교수가 됐다던데 고향 친구라면서 혹시 천 대표가 자기보다 훨씬 잘나가니까 질투하는 거 아냐? 그에게 꽂힌 눈들이 그렇게 묻고 있었다. 그는 그 물음에 어떻게든 대답해야 하는 자신의 처지가 곤혹스러웠다. 천종만과는 어린 시절 한때 순수한 마음으로 좋았던 시절도 있었다. 하지만 위선으로 포장된 그 거짓된 생존전략을 마주하고부터는 그에 대한 연민과 안타까움마저 거두어버린 지 오래였다.

─천 대표가 초빙된다면, 제가 학교를 그만두거나 아니면 직접 총장을 찾아갈 수밖에 없겠네요.

그의 말끝에 방 안 분위기가 한순간 싸해졌다. 천 대표를 추천한 염 교수의 표정이 일그러졌다.

—곽 교수님, 그러니까 왜 안 되는지를 좀 이야기해 보세요. 사람이 참 점잖던데요. 겸손하고. 그런 착한 사람이 안 되면 어떤 사람이 된다는 거죠.

염 교수는 감정을 지그시 눌렀다. 엊그제 천 대표에게 불려 나가 회색빌딩 숲 사이에 숨은 특급호텔 중식당에서 저녁을 먹으며 유쾌했던 기억이 떠올랐다.

—점잖고 겸손했겠죠. 욕망을 숨기고. 그래 밥만 먹었나요? 그 착한 사람하고요.

그는 안에서 올라오는 비웃음을 쓴웃음으로 눌렀다.

—술도 먹었죠. 그럼 안 되나요?

—노래방은 안 갔소? 천종만 노래 솜씨가 나가수 뺨칠 정돌 텐데.

—곽 교수님은 제가 그렇게 못마땅하십니까.

염 교수가 이번에는 노골적으로 불만을 터뜨렸다. 며칠 전 학교 식당에서 교수들 몇이 점심을 먹는 자리에서도 그랬다. 입시지망생도 없는 한국화과는 없애야 한다고 했다가 그게 대학교수란 사람이 할 말이냐고 곽 교수에게 핀잔을 들었다.

—나라고 왜 쿨하게 예스 오케이 하고 싶지 않겠어요? 염 교수야말로 좀 제대로 알아보고 일을 벌이든

지 해야지요. 천종만이라면 제일 먼저 나한테 물어보는 게 순서 아닌가요? 아니면 퇴직하셨지만 엄연히 서 학장님이 살아 계신데.

말은 그렇게 했지만 염 교수가 왜 자신에게 먼저 물어보지 못했는지야 짐작하고도 남았다.

올봄이었다. 동료교수가 교통사고를 당해 황망히 장례를 치르는데 학과장이란 사람이 삼일장을 치르는 내내 전화도 받지 않고 장례식장에 나타나지도 않았다. 장지에 갔다 학교에 돌아와 보니 염 교수의 연구실에 떡하니 불이 켜져 있는 게 아닌가. 아니 이게 어떻게 된 일이냐고 물었더니 죽은 동료교수 방에 정리할 게 있나 하고 들어갔다가 탁상달력에 자신에 대한 험담을 메모해 놓은 걸 봤다고. 그게 하도 불쾌해서 마지막 가는 길도 보기 싫었다고 말했다.

아무리 그렇다고 해도 어떻게 십수 년 한솥밥 먹고 산 동료가 죽었는데, 딴 사람도 아니고 학과장이 사흘 내내 얼굴 한 번을 안 비칠 수가 있어요. 마음에 안 드는 메모를 해놓았다면 왜 그랬을까 하고 자신을 돌아볼 일이지 죽은 사람을 상대로 어찌 그런 속좁은 처신을 할 수가 있습니까.

그는 학과장의 이해할 수 없는 행동에 대놓고 싫은 소리를 했다. 그랬다고 한동안 복도에서 마주치면 고개를 획 돌리고 외면하는 걸로 그 밴댕이 속을 드러내 보이고 다녔다.

　—차 교수도 같은 생각입니까?

　그는 미학 전공인 학과에서 제일 젊은 차 교수를 마주 보았다.

　—아 예 교수님. 사실 저는 우리 지역의 미술사를 쓰려면 천 화랑의 역사를 맨 앞에 놓아야 한다고 생각하고 있습니다.

　그는 차 교수의 말머리만 듣고도 어이없어서 두 눈을 꽉 감고 말았다.

　—월천 바닷가에 있는 폐교를 구입해서 우리 지역 젊은 작가들한테 무상으로 작업공간을 제공해 주고 있죠. 게다가 최근에는 서귀포에도 천종만 문화관을 짓고 있대요. 완공되면 싹수 있는 예술가들 레지던시를 할 거랍니다. 가난한 청년작가들 키우는 일에 천 대표만큼 열성을 다한 화상도 흔치 않습니다. 개인 소장작품 중에서 미술사에 기록될 만한 작가들 작품만 선별해서 시립미술관에 기증한 사실은 언론에서도 보도를 많이 했고요. 이런 천심을 가진 훌륭한 분이 우리 미술학과에 초빙교수로 부적합하다고 하시는 이유를 저는 도무지 잘 모르겠습니다. 저야 천 대표하고 일면식도 없지만 그만한 인물을 어디서 찾겠

습니까.

차 교수의 말이 끝나자 그는 가만히 눈을 떴다. 그러고는 차 교수의 눈을 똑바로 마주 보았다. 차 교수가 움찔하며 곽 교수의 눈을 피했다. 어쩐지 자신의 깊은 속까지 꿰뚫어보는 듯한 불편한 눈빛이었다.

—드러난 것만 보고 좋은 사람인지 아닌지 판단하기는 아직 이르고요. 차 교수, 근데 그런 천심을 가진 천 대표 하고 일면식이 없다니, 그걸 지금 말이라고 해요? 이 좁은 바닥에서. 소가 웃을 일이요.

—아니 먼발치에서 한 번 본 적은 있습니다만.

차 교수는 말끝을 얼버무렸다. 차 교수도 동양화 전공인 박 교수와 함께 천 대표를 따라 러시아 여자가 나오는 술집에 간 적이 있었다. 박 교수가 재빨리 차 교수를 거들고 나섰다.

—아니 일면식이 있고 없고, 밥을 같이 먹고 안 먹고 그게 뭐 그리 문제가 됩니까. 미술관이나 박물관뿐 아니라 갤러리 같은 데에도 미술학과 학생들이 취직할 때, 그런 훌륭한 인사가 우리 대학 교수 자격으로 추천서를 써준다면 그 영향력이 얼마나 크겠어요. 우리 대학이 작년 2013년도에 부실대학 평가받고 총장이 지금 죽을 지경이랍니다. 우리 미술대학도 존폐 기롭니다. 내년부터 디자인과랑 합쳐야 된다는 걸 모

르고 계신 건 아니죠. 교수님도 우리 애들 취업이 얼마나 힘든지 잘 아시잖아요. 천 대표라면 대한민국이 다 아는 권위 있는 미술계 인산데 왜 그렇게 무조건 안 된다고 반대만 하시는지 참 답답하네요. 개인적인 감정이 있는 게 아니라면 어디 타당한 이유를 한번 대보세요.

염 교수는 천 대표를 초빙하기만 하면 당장이라도 미술학과가 기사회생할 것처럼 열을 올렸다. 그는 그들 속에서 자신이 완전한 섬이 되었다는 사실을 깨달았다. 마음이 저문 들녘에 홀로 선 것처럼 한없이 쓸쓸했다. 문득, 제자 박기주의 유작전에 갔다가 전시장 한구석에 놓인 녹음기에서 흘러나오던 노랫소리가 떠올랐다.

따스함을 찾기는 어렵지 않아/그냥 사랑하며 살면 돼/진실을 찾는다면 그건 힘든 일이야/너무나 찾기 힘든 바로 그것/정직성 정말 외로운 그 말 더러운 세상에서/Honesty 너무 듣기 힘든 말 너에게 듣고 픈 그 말*

---

* 개념미술가 고 박이소의 「정직성」 중에서.

빌리 조엘의 〈Honesty〉를 번안 개사해서 작가가 직접 부른 노래였다. 그 노랫말이 마음에 사무치는 기분이었다. 그는 잠시 눈을 감고 말을 끊었다 목소리를 낮추었다.

—그 사람이 대학에 들어오려는 것이 그까짓 연봉 삼사천 때문이겠어요? 돈이라면 서귀포 노른자위 땅만 해도 차고 넘친다고요. 아흔아홉 개 가진 부자가 나머지 한 개를 채우겠다고 덤비는 그 욕심이 눈에 안 보입니까. 그 나머지 한 개가 바로 금박 명함에 대학 교수 직함까지 찍어보는 거겠지요. 그러면 학력 콤플렉스에서도 벗어나고 거짓된 과거를 세탁할 명예도 얻고….

그는 거기서 말을 끊었다. 입가에 쓴웃음이 번져 났다. 방 안이 또 한 번 얼음물을 끼얹은 듯 조용해졌다.

—그러니까요 교수님, 우리가 천 대표의 거짓된 과거가 무언지 그 내막을 모르니까 말씀을 좀 해 달라는 거 아닙니까.

팔짱을 낀 채 내내 말이 없던 서양화과 남미연 교수가 호기심에 찬 눈으로 그를 마주 보았다.

—이 자리에서 제 입으로 발설할 수 있는 이야기는 아닙니다. 제가 고향 친구의 뒷담화나 일삼는 한심한

인간이 되긴 싫거든요. 천 대표가 어떤 삶을 살든 두고 볼 수밖에 없는 처지지만 제가 이 대학에 있다는 사실을 뻔히 알면서, 교수 자리가 탐난다고 그리 로비까지 해서 들어오려고 했다니 참 어이가 없네요.

둘러앉은 교수들의 눈이 잠시 흔들렸다. 그들은 천 대표에게 식사며 술자리뿐 아니라 두둑한 봉투까지 받은 터였다.

—아무리 대학이 타락했다고들 하지만 우리까지 부끄러움을 모르고 같이 깨춤을 출 수는 없는 거 아닙니까. 서 학장님 계셨으면 어림없는 일입니다. 제가 안 이상 못 본 체하지는 않겠습니다. 제가 이 말은 안 하려고 했지만, 혹시 봉투 받은 교수님이 있다면 당장 돌려주십시오.

그는 천종만이 건넨 묵직한 돈봉투가 툭 터지던 그 느낌을 생생히 떠올렸다. 봉투 속에 든 5만 원 신권 지폐가 바람에 화르륵 날리던 장면과 함께….

둘러앉은 교수들의 얼굴을 외면한 채 그는 자리에서 일어났다. 문득 심한 갈증을 느꼈고 그제서야 탁자 위에서 테이크아웃용 종이컵에 든 커피가 싸늘하게 식었음을 알아차렸다.

*

누구에게나 유난히 치열한 여름으로 기억되는 해가 있기 마련이다. 한낮에는 아스팔트가 차바퀴에 쩍쩍 달라붙고 해 질 녘이 되어도 바람 한 점 불지 않는 나날. 열대야가 열흘 이상이나 지속되면 하루 종일 더위를 쫓는 일 말고는 꼼짝도 할 수 없어서, 아무 대열에나 끼어 바캉스라도 떠나지 않고는 못 배길 그런 여름 말이다.

그에게는 1994년의 여름이 그러했다.

혼자 된 누이가 24시 김밥집으로 출근하고 나면 그는 걸핏하면 물똥을 싸는 조카의 기저귀를 갈고 싱크대 앞에 서서 물을 약하게 틀어놓고 설거지를 했다. 혹시나 물소리 때문에 전화벨 소리를 듣지 못할까 봐 조바심을 내면서. 임용 원서를 넣은 모교와 또 한 군데 대학 모두 총장 면접을 마쳤다. 최종 결정만 남아 있었디. 두 곳 중 적어도 한 군데쯤에서는 자신을 찾는 전화벨 소리가 울릴지도 모른다는 기대가 있었다. 그 바람에 그의 귓전에는 이따금 환청처럼 전화벨 소리가 울렸고 그는 까치발처럼 긴장했다.

신학기가 다가올 때까지 두 대학 중 어디서도 그를 부르지 않았다.

그가 지원한 모교에 진작 자리를 잡은 선배에게서

사유를 알 수 없는 탈락 소식을 들었다.

임용실패가 거듭되자 그는 초조해졌다. 시강이 끝나고 대구역전 밥집에서 새알이 든 미역국을 먹으면서 문득 그런 생각이 들었다. 애초에 교수 될 재목이 아닌데 공연히 제 몫이 아닌 자리를 넘보는 건 아닐까. 교수 되는 일과 남향집에 사는 일은 삼대가 도와야 한다던 선배들의 자조적인 말을 기억했다. 그날, 늘 국물까지 맛있게 먹던 새알 미역국을 반도 못 먹고 남겼다. 그때 뜻밖의 전화가 걸려 왔다.

어이 곽 교수.

종만이였다. 뜬금없는 전화였다.

교수는 무슨.

그는 혼자 중얼거렸다. 사람들이 시강을 나가는 처지인 자신을 교수라고 부를 때마다 그는 그 호칭에 대한 이물감으로 손사래를 쳤다.

곽 교수, 이 동네에 교수 자리가 하나 난 모양인데 혹시 여기 내려와서 살아볼 생각은 없나?

지원한 대학 모두 떨어지고 낙심해 있던 차여서 귀가 번쩍 뜨이는 소식이었지만 자리가 났다 한들 종만이 그 바늘구멍 같은 자리를 무슨 수로 뚫을 수 있을 것인가.

야, 너 더위 먹었냐? 삼대구년 만에 전화해서 뜬금

없이 교수 자리라니.

그는 종만의 공연한 허세에 시큰한 반응을 보였다.

너 내가 아직도 그 청산리 좃만이로 보이냐? 우리 주점 단골 중에는 이름만 대면 니가 알 만한 유명한 예술가들도 있어. 그 사람들이 나를 얼마나 좋아하는데. 아냐 됐고…. 더운데 바닷바람이나 함 쐬러 온나. 와서 싱싱한 회도 한 사라 하고. 내가 그동안 미술 작품을 좀 모았는데 니가 와서 보고 코치도 좀 해주고.

종만의 말에 딱히 큰 의미를 둔 건 아니었다. 어디로든 바람이라도 쐬러 가면 숨통이 트일 것 같은 마음이었다. 그는 대구역전 새알 미역국집을 나와 율산행을 선택했다.

그는 종만과 경북 의성군 구천면 청산리의 오지 마을에서 함께 자랐다. 박씨 집성촌인 청산리에서 두 집 다 타성바지였다. 집성촌의 텃세가 무색할 정도로 두 아버지들이 서로 형님 아우 해가면서 잘 지냈다. 그의 아버지는 다랑논 개간까지 해가며 죽어라 일해서 논마지기나 지녔고 종만네 아버지는 마을 언덕 위에다 외딴집을 짓고 이발소를 차렸다. 이발소로 가는 길은 온통 황톳길이었다. 비가 오면 황토 진흙에 발이 푹푹 빠졌다. 종만 아버지는 언제 가도 우리 밀레

화가 오셨네, 하고 그를 반겼다. 종만과 둘이 황토마당에 앉아서 그림도 그리고 진흙으로 동물이며 사람을 빚으며 놀았는데, 그가 개구리 그린 걸 보고 금방이라도 폴짝 뛰어 달아날 것 같다고 붙여준 별명이었다. 마을 사람들은 읍내에 나가서 이발을 하고 오기 일쑤여서 종만네 이발소에는 처음에는 손님이 별로 없었다. 그런 날은 이발소에서 놀기도 좋았다. 그 작은 이발소 안에도 있을 건 다 있었다. 면도칼을 소독하는 백반 그릇, 분첩, 소독약, 용도를 알 수 없는 파란 병, 이발 의자, 담배 불똥이 튄 등받이가 유독 깊은 진가지색 소파까지… 그 소파에 앉으면 '삶이 그대를 속일지라도 슬퍼하거나 노하지 말라'로 시작하는 푸시킨의 시 액자가 보였다. 종만 아버지의 녹슨 바리깡에 언제 머리카락이 집힐지 몰라 가자미눈을 뜬 이발객의 심정이 바로 저 시랑 똑같다고 둘은 낄낄대며 웃었다. 종만 아버지의 날렵한 손도 그의 기억에 오래 남아 있다. 종만이 학교에서 친구들이 다 쓴 연습장까지 걷어 와서 아비에게 갖다주면 한 장을 8등분으로 잘라 벽에 박힌 대못에 끼워두었다. 그걸 한 장씩 입에 물고 도루코 면도칼 양날에 묻어나는 비누거품을 앞뒤로 쓱쓱 닦아내곤 했다. 그 손의 움직임이 또 얼마나 날렵했는지 모른다. 그즈음에는 명동에

서 이발사로 근무했다는 소문이 나서 읍내까지 나가
던 손님들의 발길도 늘었다.

그랬던 종만 아버지가 수전증에 걸린 것은 그들
이 중학교 입학 무렵이었다. 바리깡을 잡을 수 없게
된 종만 아버지는 이발소를 접고 한동안 술독에 빠
져 지냈다. 5남 2녀의 막내인 종만이 아버지의 술 심
부름을 하느라 막걸리 주전자를 들고 종종걸음을 치
곤 했다. 종만은 형제 많은 집안에서 제대로 먹지도
못하고 큰 탓에 키가 또래 중에 제일 작아서 좃만이
라고 불렸다. 집에서도 그다지 존재감이 없던 종만은
제 아비가 밀레라고 부르며 좋아하는 진수가 사생대
회에 나가 상을 받아 오는 게 그렇게 부러울 수가 없
었다. 대구 팔공산에서 중고생 대상 전국사생대회가
열렸을 때였다. 종만도 그와 함께 사생대회에 나갔
다. 화제가 발표되었을 때, 둘은 서로 마주 보고 입을
딱 벌렸다. '이발소'와 '산'이 아닌가. 종만은 이거야
말로 자신을 위한 화제라고 생각했다. 드디어 아비에
게 저도 진수처럼 인정받을 기회가 온 것이었다. 종만
은 자신감이 차올랐다.

야, 그 지겟작대기 오늘 한 번만 내가 좀 쓰자.

종만이 지겟작대기처럼 생긴 그의 이젤을 빼앗다시
피 가져가 버리는 바람에 그는 종만의 화판을 받치고

그려야 했다. 제 키만 한 이젤을 세운 종만의 뒤로 여
학생들이 깔깔거리며 지나다녔다. 종만은 그 웃음소
리가 간지러운지 공연히 뒤돌아보며 머쓱하게 웃곤
했다.

　진수는 하얀 이발 커트보를 쓰고 빨래판에 올라앉
은 아이를 화면에 가득 차게 스케치했다. 녹슨 바리
깡에 집힐까 봐 째려보는 아이의 가자미눈까지 그려
넣자 슬며시 웃음이 나왔다. 종만은 바리깡으로 이발
객의 머리를 깎는 아버지의 모습과 이발 도구들이 놓
인 이발소 내부 풍경을 모두 세세하게 연필로 스케치
했다. 그러고는 곁눈질로 진수의 그림을 훔쳐보았다.
역시 진수는 어디가 달라도 다르구나 하고 감탄했
다. 둘이서 이발소 소파에 앉아 그 가자미눈과 푸시
킨의 시를 보면서 그렇게 깔깔거렸는데 어떻게 자신
은 그 기억이 안 났을까. 하지만 감탄만 하고 있을 수
는 없는 일이었다. 종만은 그의 그림을 재빨리 본따
서 이발객의 눈을 째려보는 눈으로 황급히 그려 넣었
다. 이젤에서 한 발짝 떨어져서 보니 비로소 그럴싸
해 보였다. 진수는 종만이 자신의 그림을 베낀 걸 보
고 마음이 불편했다. 모티브가 같은 그림을 제출한다
면 둘 다 탈락이었다. 난감했다. 얼른 다른 모티브를
생각해 내어야만 했다. 마감시간이 코앞이었다. 그는

진가지색 소파에 허리를 파묻고 이발소 벽에 걸린 시 액자를 보는 아이의 모습을 생각해냈다. 종만과 차별화해야겠다는 부담감 때문에 그림이 제대로 되질 않았다. 그에 반해 종만은 자신만만하게 마무리해서 제출했고 그 대회에서 가작 입선을 했다. 얼마나 신이 났던지 신발 밑창이 다 뜯겨나가는 줄도 모르고 황톳길을 달려서 언덕 위의 외딴집으로 갔다. 집에는 아버지의 술추렴 때문에 식구들이 잔뜩 풀이 죽어 있었다. 그 모습을 보자 스무 명이 넘게 받는 입선이 하찮게 여겨졌다. 종만은 다락방에 앉아 상장을 대상으로 조작해서 다음 날 학교에 제출했다. 작은 키 때문에 아이들에게 늘 땅개니 좆만이니 하고 놀림받던 종만이가 전국대회 대상을 먹었다고 학교가 떠들썩했다. 미술부도 하나 없는, 어디 붙었는지도 모르는 벽촌의 중학교에서 대상이 나왔다고 다음 날 교문 앞에 대문짝만하게 현수막까지 걸렸다. 종만은 단상에 올라가 상장과 박수를 받고 우쭐했다. 상장 조작은 그쯤에서 묻히는 듯했다. 하지만 그것이 탄로 나는 데는 그리 긴 시간이 필요치 않았다. 아이들이 훗날 '좆만이의 삼일천하'라고 조롱했던 그 사건은 엉뚱한 데서 발각이 되었다. 일간지 사회면 한 귀퉁이에 수상자 명단이 단신으로 실린 걸 당직을 서던 수학 선생이 우연히 보고 말았다. 교무실이 발칵 뒤집혔다. 종만은 학생주임인 체육 선생에게 끌려가 먼지 나게 두들겨 맞고 정학 처분을 받았다.

진수가 대한민국 미술 명문이라고 일컫는 미술대학의 조소과에 합격하여 서울로 간 뒤, 종만은 제대를 하고 울산으로 갔다. 큰형과 셋째 형이 주점을 차렸는데 일손이 달린다고 막내를 부른 것이었다. 형들의 수완이 좋았던지 주점은 문전성시였다. 종만이 합류하자 삼형제 주점이란 소문이 나서 더 은성했다. 몸이 가볍고 곰살맞아 술손님들의 비위를 잘 맞추는 종만 때문에 단골이 늘었다. 단골들 중에는 예술가들도 여럿 끼어 있었다. 그중에 K대 예술대학장인 서종학이란 유명한 화가가 있었다. 서 화백은 간혹 술이 좀 되면 앉은자리에서 스케치북에다 쓱쓱 드로잉을 해주곤 했다. 그림을 좋아하는 종만은 그 드로잉들을 소중하게 챙겨 액자를 만들어 걸었다. 형들은 눈치를 주었지만 술값은 그걸로 대신하면 그만이었다. 종만은 중3 때 전국대회에서 대상을 받고 학교 교문 앞에 현수막까지 붙었노라고. 그 대회에서 수상도 못한 친구가 미대에 들어가서 지금은 조각가가 되어 있다고. 자기도 언젠가는 미대에 들어가 화가가 될 거라고 허풍을 떨었다. 서 화백은 미술에 대한 선망을 갖고 있는 이 작은 청년에게 호감을 느꼈다. 그림은 굳이 대학을 가지 않아도 그릴 수 있노라면서 당신 화실로 따로 불러 그림을 배워보라 권하기도 했다. 종만은 서 화백의 권유에 용기를 내어 부지런히 그려 보이곤 했다. 서 화백은 매번 그림을 보일 때마다 두고 가라고 할 뿐 별 말이 없었다. 어느 날, 작심한 듯 뜻밖의 말을 건넸다.

천 군은 그림보다는 화상을 하면 아주 성공할 것 같네.

종만은 서 화백의 말이 무엇을 뜻하는지 바로 알아차렸다. 그러니까 그림에는 재능이 없으니 그림 장사를 하라는 말이었다.

율산역에 도착하자 종만이 차를 갖고 나와 있었다. 그를 태우고 횟집에 가서 회를 사주고는 곧장 도시 외곽에 있는 어느 낡은 창고 앞에 차를 세웠다. 제 성을 따서 천화랑이라고 새긴 아크릴 간판이 걸려 있었다. 창고문을 열자 밀폐된 공간에 갇혀 있던 복사열에 실내가 찜통이나 다름없었다. 그동안 수집한 그림들이라는 것들도 그만그만해서 오래 볼 것도 없었다. 그는 서둘러 창고 밖으로 나왔다. 종만은 자신이 비록 중학교밖에 안 나와 가방끈이야 짧지만 이 그림들을 팔아서 돈을 벌면 시내 중심가에 근사하게 화랑을 차려 개관전을 할 거라고 포부를 내보였다. 자신을 화상의 길로 인도한 서 학장을 꼭 개관전에 모실 거라고. 오늘 율산에 온 김에 그를 서 화백에게 소개하겠다고 했다. 종만은 이번 학기에 정년퇴임하는 교수가 있으니까 인사라도 해두자고 그의 팔을 끌었다.

서 학장은 염색하지 않은 은빛 단발머리에 평범한 남방셔츠 차림인데도 중후하고 세련돼 보였다. 진수가 자신의 대학 후배인데다 친구인 윤세중 교수의 제자라는 사실만으로도 그를 무척 반겼다.

세중이가 나를 서울로 불러들이려고 몇 번이나 애를 썼지. 나도 처음에는 이 남쪽 도시가 고인 물처럼 답답해서 딱 3년만 있다가 서울로 가야겠다고 생각했지만, 이제는 그저 내 집처럼 편해요. 세중이하고는 학교 때 서로 질투도 하고 그랬지만 멀리 있으니까 아쉬운 거지. 사별삼일이면 괄목상대라고 했는데 세중이가 내게 그런 존재였거든요. 세중이는 조각만 잘한 게 아니라 그림도 잘 그리고 판화도 좋아요. 작가로서 명성도 얻었지만 지금도 제 작업 외에는 절대 한눈파는 법이 없고 미술 말고 다른 일은 하라고 빌어도 안 할 사람이에요. 예술가 중에 예술가지.

그는 연신 고개를 끄덕이며 서 학장의 얼굴에 잔잔

히 퍼져나가는 그리움을 지켜보았다.

예 맞습니다. 선생님은 늘상 예술가와 농부의 미덕이 부지런히 일하고 정직한 것이라고 말씀하셨거든요.

그랬을 거예요. 좋은 제자도 많이 키웠으니까. 스승이 제자에게 존경받는 일은 쉽지 않은 거거든요. 자네를 보니까 세중이 목소리가 듣고 싶어지네….

그날 서 학장은 종만과 그가 돌아간 뒤, 윤세중의 작업장으로 전화를 걸었고 두 작가는 오랜만에 안부인사를 길게 나누었다. 서 학장은 곽진수가 연구실로 찾아와서 만났다는 이야기를 전하면서 그의 작업이며 사람됨을 물었다. 윤세중은 그가 고등학교 미술교사로 있을 때, 대학원으로 부른 게 자신이었다고. 매재를 다루는 솜씨며 부지런하고 정직한 성품이며 어디 하나 버릴 데가 없는 제자라고. 지난번 임용시험 때에도 학과에서는 당연히 그가 채용될 거라고들 했었다고. 하지만 전혀 예상 밖의 인물이 낙점되었는데, 알고 보니 유력 정치인의 아들이었다고. 처음부터 학교 당국이 맞춤형 공고를 냈고 학위논문 지도교수를 전공심사위원으로 위촉하는 등의 채용과정에서 불법과 조작을 일삼았다고. 학과에서 젊은 교수들이 나서서 고소고발할 움직임이 있었는데 엉뚱하게도 그 사

람이 채용되자 얼마 못 가서 뇌졸중으로 쓰러져서 난
감하게 됐다고. 쓰러진 사람에겐 안된 말이지만 그걸
인과응보라고 해야 할지 참 인생이란 한 치 앞을 모
른다고 씁쓸해했다. 서 학장은 통화가 끝나자 마음이
착잡했다. 그가 K대학에 채용이 된다면 이 남쪽 도시
에서 자신이 겪었던 마음고생을 그도 똑같이 겪게 되
지 않을까 하는 걱정 때문이었다.

　신학기를 한 달쯤 남겨두고 K대학에 임용통보를
받았을 때, 사실 그 역시도 그저 기뻐할 수만은 없는
착잡한 심정이었다. 종만을 따라 서 학장을 만나러
간 그 여름날, 도시 외곽의 산비탈에 붙은 학교 캠퍼
스는 모교에 비해 너무나 초라했다. 천막으로 지붕을
얼기설기 엮어놓은 야외 석조장 또한 열악하기 짝이
없었다. 비가 오면 콘센트에 물이 들어가서 합선이나
누전이 될 위험천만한 구조였다. 여름이나 겨울에는
바람막이도 없는 저런 곳에서 아이들이 어떻게 작업
을 한단 말인가. 석조장 안쪽에 있는 조립식 목조장
은 더 위험해 보였다. 과생들이 서로 그 좁은 공간을
지나다니다 보면 그라인더 같은 작업 기계에 다칠 우
려가 큰 것은 물론이고 작업 도구 또한 변변찮았다.
더 우려되는 것은 작업장이 강의동이나 연구동 등
과 붙어 있어서 석조장의 소음 때문에 갈등의 소지가

불 보듯 뻔했다. 임용 소식을 듣고 스승이 던진 한마디도 뼈아픈 것이었다. 바닷가에 싱싱한 회에다 인심 좋은 사람들 헤픈 정에 빠지면 답도 없어요. 그저 유배지다 생각하고 작업만 하다 오라는 말이었다. 그나마 그를 안타깝게 지켜보던 누이의 얼굴에 모처럼 웃음이 헤퍼진 것이 위안이라면 위안일까. 10여 년 동안 서너 차례 헤어졌다 다시 만나기를 반복하던 미대 동기인 여자친구도 그의 임용을 반기는 눈치였다. 모교 강당에서 스승의 주례로 여자친구와 결혼식을 하고 학교 근처에 방을 구했다. 직장이 서울인 아내와는 주말에 서로 오르내리며 지내야 했다. 학교 작업장은 캠퍼스 맨 끝의 독립된 공간으로 옮기고 천막이 아니라 보르크 담을 쌓아 2층으로 증축했다. 야외 석조장과 목조장은 각각 공간을 확보하여 분리하고 용접장, 폴리장 등도 적절히 배치했다. 장비 또한 다양하게 구비하여 언제든지 과생들이 자유롭게 공구 같은 걸 빌려 쓸 수 있게 했다. 이 모든 준비 과정에 알게 모르게 서 학장의 배려가 절대적으로 컸다. 이제 여러 대학을 전전하느라 시간과 경비를 허비하지 않아도 되었다. 작업장을 지킬 수 있게 된 일상의 편안함에 모처럼 흔감한 날들이 이어졌다.

　서 학장에게는 손톱 밑에 가시처럼 아픈 제자가 하나 있었다. 존경하는 원로 서예가의 아들이기도 한 이 제자는 타고난 필력과 남다른 재능을 갖고 있었다. 그런데도 불구하고 자신에 대한 믿음을 갖지 못해 늘 한눈을 파는 바람에 스승을 안타깝게 했다. 그 제자가 천화랑에서 전람회를 한다고 했다. 뜬금없이 웬 전람회인가 싶어서 선걸음에 찾아가 보았다. 이중섭 위작전을 한다는 것이었다. 기가 막혔다. 위작전이라니. 이게 무슨 낮도깨비 같은 일인가. 이건 아예 이중섭 그림을 수십 점이나 베껴서 드러내놓고 위작전이란 타이틀을 붙여놓고 있었다. 서 학장은 현기증으로 쓰러질 뻔했다. 위작들은 기왕의 이중섭 그림과 쌍둥이처럼 닮아 있었다. 어느 것이 진작인지 위작인지 평생 그림을 그린 서 학장도 분별하기 어려울 지경이었다. 그런 판국에 일반인들이야 더 말할 나위가 있겠는가. 웬만해서 화내는 법이 없는 서 학장이 제자를 불러서 야단을 쳤다.

　너는 왜 이런 시키지도 않은 짓을 했느냐. 추상같은 네 아버지가 이 사실을 아시면 어떡할 거냐. 제 그림을 묵묵히 그리다 보면 다 때가 오는 법인데 그걸 못

기다려서 이런 호작질이냐.

서 학장은 이 위험천만한 전시기획을 한 천종만에게 내가 사람을 잘못 본 것 같다고. 큰일 낼 사람이라고. 이런 사람을 두고 화상을 하라고 권한 내 안목이 부끄럽다고. 정말이지 그것들이 나중에 진작으로 둔갑해서 흘러 다니는 건 시간 문제라고. 아직 본 사람이 얼마 없을 테니 당장 걷어치우라고 호통을 쳤다. 서 학장이 그렇게 화내는 모습을 처음 본 종만은 그 자리에서 전시를 내리고 말았다.

서 학장의 실망과 우려는 금방 현실로 드러났다. 그로부터 한 달여쯤 지난 어느 날이었다. 서 학장에게 제자의 아내가 다급히 전화를 했다. 화실에 강도가 들어서 제자의 생명이 위독하다는 것이었다. 서 학장은 한달음에 병원으로 달려갔다. 제자는 복부 왼쪽에 깊은 자상을 입고 혼수상태에 빠져 있었다. 새파랗게 질린 제자의 아내가 화실에 있던 이중섭의 위작 그림을 몽땅 도난당했다고 말했다. 사흘 밤낮을 혼수상태에서 깨어나지 못하던 제자는 기어이 세상을 뜨고 말았다. 천종만이 경찰에 참고인 조사로 불려 갔다. 경찰은 강도가 화실 바깥에서 침입한 흔적을 전혀 발견하지 못했다. 당연히 면식범의 소행이었다. 이중섭 위작전 전후로 화실에 들락거린 사람은 단 한 사람, 천종만뿐이었다. 혐의는 분명했지만 증거가 없는 답보상태의 경찰 수사는 결국 미제 사건으로 종결되고 말았다. 서 학장은 아까운 제자를 잃고 뼈아픈 죄책감을 얻었다.

천화랑이 거창하게 개관식을 한 것은 그로부터 얼마 지나지 않은 시점이었다. 종만은 그의 우려와는 달리 도심의 신축빌딩 2층을 한 층 분양받아서 화랑을 근사하게 꾸몄다. 어디서 그런 돈이 생겼는지 의구심이 들었지만 그가 관여할 일은 아니었다. 그는 그즈음 학교 동기와 LA 앤드류 샤이어 갤러리에서 가질 2인전 전람회 준비로 바빴다. 밤낮없이 작업에 몰두하느라 종만에게 신경 쓸 여유도 없었다. 종만이 서 화백을 개관 초대전으로 기획한 일이 무산되었다는 사실도 나중에야 알게 되었으니까. 서 화백은 초대전을 단호하게 거절하고 개관식에도 일절 얼굴을 내밀지 않았다. 종만을 아는 사람들이 무슨 일인가 하고 술렁거렸다. 그는 서 학장의 함구 때문에 그간의 과정을 전혀 짐작조차 하지 못했다. 개관식에서 종만의 부탁으로 축사를 하면서도 서 학장의 부재가 못내 신경이 쓰였다.
종만은 상업적으로 성공한 서울의 대형 화랑을 벤

치마킹하기 시작했다. 새로운 공간에 걸맞은 인물들로 직원 채용을 하고 경력 있는 큐레이터에게 운영을 맡겼다. 그리고 자신은 금박을 입혀서 찍은 화랑 대표 명함을 대기업 대표나 재력가들에게 부지런히 뿌리고 다녔다. 한국현대작가 100인에 포함된, 유명작가들의 전람회가 잇달아 열리고, 저평가되었거나 앞으로 뻗어나갈 기미가 보이는 신예작가들을 발굴해서 전속으로 삼았다. 지역 언론뿐 아니라 중앙에서도 천화랑의 거침없는 행보에 주목했다. 천화랑은 하루가 다르게 입지를 다져가고 있었다. 천화랑에서 한 번쯤 전시하기를 선망하는 작가들이 줄을 섰다. 컬렉터들을 만날 때면 종만은 종종 그를 불러내었고 그럴 때면 그도 가끔 시간을 내어서 동석하곤 했다.

서 학장은 그가 천종만과 어울리는 데에 불편해하는 기색을 보였지만 이중섭 위작전을 둘러싼 강도살인사건에 대해서는 어쩐 일인지 일절 함구했다. 그는 서 학장이 종만에 대해 그에게 말하지 않는 무언가가 있다는 찜찜한 느낌을 받았지만 도무지 그 영문을 알지 못했다.

그 이유를 알게 된 건 그로부터 10여 년 세월이 더 지난 뒤였다. 그에게도 전람회 때마다 와서 작품을 구매하는 컬렉터가 있었다. 신경정신과 의사인 장신

조 박사가 대표적이었다. 은행나무 가로수 길에 은행
잎이 노랗게 떨어져 날리던 즈음이었다. 장 박사 댁에
저녁 초대를 받았다. 그날 그는 운명이란 게 참 잔인
하다는 사실을 깨달았다. 한 번 편 날개를 그냥 접지
않는 새처럼 운명이란 새도 반드시 한 번 편 날개는
펄럭이고야 만다는 사실을.

장 박사는 조각가 윤세중의 작품 컬렉터이기도 했
다. 부친인 장진호 옹에게서 미술품 컬렉션을 배운
터였다. 부친에게서 물려받은 조각이며 회화 작품이
집 안을 가득 채우고 있었다.

거실 입구에 들어서자 윤세중의 단아한 여인 조각
상이 서 있었다. 그의 눈길이 본능적으로 스승의 작
품에 머물렀다. 분명히 형태는 익숙한데 어딘지 부자
연스러웠다. 조각상의 표면이 매끈하지 못하고 거친
데다 여인의 볼 부분의 곡선이 날렵하지 못했다. 그
는 누구보다 가까이에서 스승의 작품이 탄생하는 과
정을 지켜본 제자였다. 표면이 거칠고 혼이 느껴지지
않는, 그것은 단지 주물 덩어리에 지나지 않았다. 게
다가 조악한 사인을 보는 순간 그의 입에서 탄식이
터져 나왔다.

아, 이건 윤세중이 아닌데요?

예?

장 박사의 얼굴이 일순 딱딱하게 굳었다.

이건 선생님 작품이 아닙니다.

그는 두 번 생각할 것도 없다는 듯이 확언을 했다. 저녁상을 차리던 장신조 박사의 아내도 얼굴이 하얗게 질렸다. 그는 곧장 스승에게 전화를 걸었다.

선생님, 저 곽진숩니다. 여기 선생님 여인 조각상 위작이 나타났는데요?

스승은 잠시 침묵했다가 입을 뗐다.

곽 군이 아니라면 아닌 거지.

예 선생님, 위작품 사진을 찍어서 바로 보내겠습니다.

그러게.

선생의 목소리가 침통하게 가라앉았다.

아버님이 천화랑에서 9천에 사신 작품인데 가짜라니요.

장 박사의 아내가 이마에 주름을 깊이 잡으며 말했다.

예? 천화랑이라고요?

아 이런, 하필이면 천화랑이라니. 천종만이라면 윤세중을 모를 리가 없다. 종만이 알면서 유통시켰다면 이건 큰일이었다. 전화기를 잡은 그의 손에서 힘이 빠져 달아났다.

누가 유통시켰대?

스승이 물었다. 그의 등줄기에서 식은땀이 흘러내렸다.

천화랑 천 대표에게서 사셨다는데요.

그의 목소리에 힘이 하나도 없었다.

그래? 그 사람 이중섭 위작에도 관련 있는 화상이야.

이건 또 무슨 말인가. 가슴이 덜컥 내려앉았다. 율산시립미술관을 비롯하여 여러 곳에 종만이 이중섭 작품을 고가에 판매했다는 이야기를 들은 적은 있었다. 하지만 위작 관련 이야기는 처음 듣는 일이었다. 무언가 일이 크게 어긋나버린 것 같았다. 눈앞이 아득했다.

잠시 뒤 사진을 받아 본 스승이 탄식처럼 말했다.

위작이 맞네.

그날의 초대는 그걸로 끝나버리고 말았다. 장 박사의 아내가 애써 장만해 놓은 싱싱한 해산물로 차린 요리상에 수저 한 번 들어보지 못한 채였다.

윤세중은 판사로 있는 둘째 아들에게 이 사실을 알렸고 천종만은 바로 검찰청에 고발되었다. 그날 밤, 천종만이 그에게 다급하게 전화를 했다.

곽 교수, 우짜면 좋겠노. 윤세중한테 바로 걸렸어.

그는 수화기를 귀에 바짝 붙인 채 잔뜩 목소리를
죽여서 말했다.

그러게 왜 그런 짓을 했노.

씨바 좆됐네. 벌써 니한테까지 기별이 갔단 말이제.
와 진짜….

입선을 대상으로 조작하고서도 아무런 죄책감 없
이 치기만만하던 중학교 시절의 종만이 떠올랐다. 사
람은 변하지 않는다는 말이 이럴 때에 딱 들어맞는다
는 생각이 들었다.

뭘 어째. 죄를 지었으면 벌을 받아야지.

그는 불쑥 올라오는 화를 참지 못하고 목소리를 높
였다.

야, 곽 교수!

종만이 외마디 소리를 질렀다.

위작 유통은 이 바닥에서 알려지면 바로 아웃이야.
너 이중섭 위작에도 관련 있단 소문이 있던데 그게
사실이야?

종만이 움찔하는 모습이 수화기 저편으로 보이는
것 같았다.

누가 그런 되도 않은 소릴 씨부리더노.

종만이 금세 기세등등해서 소리를 질렀다.

일단은 손이 발이 되도록 빌어라.

종만은 그의 말은 듣는 둥 마는 둥하고 윤세중 교수에게 말 좀 잘해달라고 신신당부를 했다. 그러고는 과로를 핑계로 서둘러 율산대학병원 병실을 잡아 입원을 했다. 윤세중은 판사인 둘째 아들을 대동하고 병원으로 천종만을 찾아갔다. 천종만도 위기의식을 느꼈는지 태도를 싹 바꾸었다. 병원 침상 바닥에 무릎을 꿇고 앉아 그 왜소한 몸집을 공벌레처럼 동그랗게 말았다. 그러고는 눈물 콧물을 줄줄 흘리면서 쇠파리처럼 손발을 싹싹 비벼댔다.

잘못했습니다. 제가 죽을죄를 지었습니다.

그 작품은 어디서 샀습니까?

윤세중이 물었다.

세종화랑에서 유통한 건데 대구에서 샀습니다.

천종만은 자신도 모르게 엉겁결에 대구에서 샀다고 말해놓고 스스로도 아차 했다. 그것은 대구의 위작범에게 직접 의뢰를 했다는 사실을 얼결에 실토한 거나 마찬가지였다.

당연히 진품인 줄 알았습니다.

그 말이 당연히 거짓말인 줄 알고 있는 윤세중은 팔짱을 끼고 병실 창밖으로 보이는 단풍 든 산을 올려다보았다. 보통 청동 주물을 뜨면 거푸집으로 서너 개를 뜨는 게 일반적이었다. 그렇다면 당시에 같

이 주물을 뜬 두세 개 정도의 흔이 없는 청동 여인상
이 비싼 값에 어딘가로 유통되었을 것이 뻔했다. 윤
세중은 노여운 감정을 누르고 장진호 옹에게 전화를
했다.

어르신, 이 일을 어떻게 처리하면 되겠습니까?

그 사람은 지금 어떡하고 있습니까?

장진호 옹이 물었다.

잘못했다고 빌고 있습니다만.

그 사람이 과실을 뉘우치고 용서를 구한다면, 용서
해야겠지요. 사람은 누구나 실수할 수 있는 존재지
요. 그러니 세 번은 용서해야 합니다. 저는 이미 용서
했습니다. 그 사람에게 이번 일을 계기로 욕심을 비
우고 바른 정신으로 일한다면, 절후에 갱생이라 끊어
진 곳에서 다시 사는 수가 있다고 꼭 전해주세요.

장진호 옹은 젊은 날 한때, 유발상좌로 경봉스님을
모신 적이 있을 정도로 불심이 깊은 어른이었다. 어
른의 말에 윤세중은 감복했다. 작품 소장자가 용서
를 한다는데 고발할 수는 없는 일이었다. 그 대신 위
작은 파기하고 그 작품 가격 상당의 다른 작품을 보
내드리도록 하고, 어른의 전언을 건네는 걸로 마무리
지었다. 천종만은 과연 그 어른의 진정 어린 용서를
제대로 이해했을까. 어른에게 용서를 받고 배상까지

했으니까 이제 괜찮다고 생각한 걸까. 어른은 절후에 갱생이라고 했지만 이후에도 천종만의 행보는 조금도 달라지지 않았다. 사람이 바뀐다는 것이 그만큼 어려운 일인 걸까. 화상으로서 치명적인 도덕적 결함은 그쯤에서 묻혀버리고 그는 이후에도 더욱 더 세차게 자신의 욕망을 뒤쫓았다.

그가 율산시민공원에 세우는 조형물 심의를 맡았을 때였다. 이번에는 천화랑 전속 작가를 내세워서 장난을 쳤다. 작품 가격이 수억 원대이다 보니 경쟁이 치열했다. 최종 심의에 다섯 작품이 올라왔다. 그 중에 막스 빌 작품과 영판 국화빵인 작품이 들어 있었다. 막스 빌은 그에게 너무나 익숙한 작가였다. 학부 때, 우리나라에는 막스 빌 책이 출간되지 않아서 도서관에서 원서를 빌려 복사해가면서 공부했었다. 그는 사과를 절반으로 딱 잘라놓은 형상을 한 그 막스 빌 모방작을 심의 서류에서 맨 밑바닥에 깔았다. 그런데 어찌된 일인지 잠깐 화장실에라도 갔다 오면 어느새 그 작품이 다시 맨 위로 올라와 있었다. 느낌이 좀 이상했다.

도대체 이 작품을 누가 자꾸 위로 올리는 겁니까.

그는 막스 빌 모방작 서류를 들고 심의위원들 앞에서 흔들어 보였다. 심의위원장을 맡은 이신용 교수가 발끈했다.

아니, 곽 교수, 당신 또 왜 그러는데. 좀 대강 해. 그 참 사사건건 일을 만드네.

사석에서 그와 이 교수는 서로 형 아우 하고 지내는 각별한 사이였지만 심의자리에서 만나면 늘상 의견이 엇갈려 시비를 하곤 했다.

그러니 사람들이 당신을 럭비공이라고 부르지.

이 교수가 미간에 굵은 세로 주름을 잡으며 그를 자극했다. 그를 제외한 네 명의 심의위원이 모두 막스 빌 모방작을 밀고 있다는 사실을 알고 나자 어깨에서부터 힘이 빠져나갔다. 그 작품은 천화랑에서 키우는 젊은 조각가 고은선의 작품이었다. 고 작가는 천종만의 부탁으로 그의 학교에 시강을 나오고 있었다. 얼마 전에는 학교 식당에서 우연히 만나 동석하여 점심을 먹은 적도 있었다. 식후에 고 작가가 자기 스튜디오에 좋은 커피콩이 들어왔다고 가서 마시지 않겠느냐고 권했다. 그는 가벼운 마음으로 학교 앞에 있는 그녀의 스튜디오에 따라가게 되었다. 직접 구웠다는 마들렌을 곁들여서 풍미 좋은 드립커피를 마셨다. 커피잔을 내려놓는데 탁자 위에 그녀의 작품 스크랩 철이 펼쳐진 채 놓여 있었다. 그는 무심코 그것을 내려다보았다.

제가 최근에 하고 있는 작품들입니다.

고 작가가 말했다. 그다지 눈에 들어오는 작품은 아니었다. 그저 막스 빌을 심하게 모방했구나 하는 생각만 또렷이 남았다. 그는 굳이 식후의 편안한 티타임을 망치고 싶지 않아서 논평을 삼갔다. 그런데 그게 그녀의 사전 포석이었다는 생각이 들자 조금 분한 느낌이 들었다.

그는 심의위원 중 김기호라는 건축가에게 물었다.

독일의 유명한 조각가면서 건축가인 막스 빌 아시죠?

건축가는 고개를 갸우뚱하더니 잘 모르겠다고 대답했다. 아무도 막스 빌을 알지 못했다. 그는 답답했다. 학교에 가서 막스 빌을 가져오겠다고 했으나 심의 중에 외부로 나가는 것은 금지조항이었다. 마침, 근처에 시립미술관이 있다는 것을 떠올렸다. 경찰관을 대동하고 시립미술관 서고에서 막스 빌 작품집을 빌려와 심의위원들 앞에 펼쳐 보였다. 심의위원장이 끙하고 앓는 소리를 내었다. 누구도 고 작가의 작품과 막스 빌의 차이점을 설명하지 못했다. 아니 설명할 수 없었다. 그것은 막스 빌의 작품과 크기만 다를 뿐 조형적으로 판박이였다. 결국 고은선이 밑으로 내려갔고 두 번째로 올라온 작품이 낙점되었다. 그는 안도의 한숨을 내쉬었다.

다음 날, 당선작가의 전화를 받았다. 자신의 작품을 뽑아주셔서 감사하다고 단지 심의 때문만이 아니라 평소에 교수님을 존경했노라고 이번 기회에 꼭 한번쯤 뵙고 싶었다고 간곡히 만나기를 청했다. 그는 약속한 레스토랑으로 갔다. 심의 과정에서 일어난 일들을 어떻게 알았는지 식사 중에도 연신 교수님이 아니었으면 제게 이런 기회가 주어지지 않았을 거라고 고마워서 어쩔 줄 몰라 했다. 그는 작품이 좋아서 당선된 거지 절대로 자신의 공이 아니라고. 이후에도 좋은 작품을 하기 바란다고. 어디서든 지켜보겠노라고 덕담을 하고 일어섰다. 그가 기분 좋게 레스토랑 주차장 앞에 세워놓은 자신의 갤로퍼 차 문을 여는데 천종만이 근처에 있다가 따라와서 서류 봉투를 하나 건넸다.

아니 천 대표가 여긴 웬일이야.

그가 의아해하며 서류 봉투를 받아 드는데 묵직한 것이 아래로 축 처졌다. 순간적으로 돈봉투구나 했다. 그는 고개를 돌려 천종만을 노려보았다.

천 대표, 아직도 정신을 못 차린 거야? 이게 뭐하는 짓이야. 그럼 저 당선작가도?

아니고. 당선작가가 감사 인사로 대신 좀 전해달라

고 해서.

이럴 필요 없다니까. 나는 작가한테 아무 공도 없으니까 작품 제작에나 전념하라고 전해주시게.

그는 돈 봉투를 천종만에게 안기고 운전석에 올라탔다. 그러자 이번에는 천종만이 열린 문틈으로 봉투를 불쑥 던져넣고는 돌아서는 것이었다. 그때였다. 그는 순간적으로 오물을 집듯이 봉투를 잡아서 바로 천종만에게로 던져버렸다. 얼마나 세게 던졌던지 봉투 입구가 툭 터지면서 누런 5만 원권 신권 지폐가 때맞춰 불어오던 바람에 화르륵 날렸다. 마치 누군가 돈을 뿌린 듯한 진풍경이 벌어졌다. 주차장 앞에 서 있던 주차요원이 깜짝 놀라 바람에 날리는 돈을 줍기 시작했다. 그는 놀란 천종만이 돈을 줍기 위해 몸을 활처럼 숙이는 것을 보면서 자동차를 출발시켰다.

그날 그는 집으로 가지 않고 퇴직 이후 화실에서 작업에 몰두하고 있는 서 학장을 만나러 갔다. 못 본 사이 머리가 하얗게 세고 수척해진 모습이었지만 작업에 대한 열정은 여전했다. 회고전 준비로 바쁜 가운데에도 모처럼 나타난 그를 반갑게 맞아주었다. 보성에서 제자가 보냈다는 햇차를 우리고 냉동실에 얼려둔 홍시며 부추떡을 꺼내 재빨리 다과상을 차려내었다. 차를 몇 잔 마시는 동안 학교 소식을 물었을 뿐

별말씀이 없었다. 그러더니 어느 순간 술병을 꺼내 오셨다. 술병으로 오래 고생하면서 사모님께 지청구를 듣던 모습이 생각나서 쿡쿡 웃음이 나왔다.

어쩐지 너무 건강한 생활을 하고 계신다 싶었습니다 선생님.

그가 농담을 섞자 서 학장도 너털웃음을 터뜨렸다.

이게 엄청 비싼 손 막걸린데 할인하길래 몇 병 샀지. 집사람 알면 맞아 죽어.

서 학장은 이마를 그의 가까이에 대고 목소리를 은밀하게 낮추었다. 그날 두 사람은 술잔을 나누면서 오랜만에 긴 이야기를 할 수 있었다. 그는 서 학장에게서 늘 풀리지 않는 의혹으로 남아 있던 그 일에 대해서 여쭈었다. 인사동에서 거래되던 이중섭 위작 중에는 강도 살해당한 자신의 제자가 그린 그림이 상당수 있을 거라고. 천종만이 시립미술관에 판 이중섭 그림도 아마 그 제자가 그린 위작일 가능성이 높다는 말을 덧붙였다. 서 학장은 스승의 위삭 유통 건도 이미 알고 있었다. 그는 잘 못 마시는 술을 연거푸 여러 잔 마셨다. 그런데도 도무지 취기를 느끼지 못했다.

*

그는 이 도시를 떠나는 날까지 종만과 어떤 식으로든 엮이고 싶지 않았다. 교수회의 결과가 보고되면 자신이 초빙을 반대했다는 사실이 알려질 것이고, 그러면 아무리 뻔뻔한 종만이라도 그의 뜻을 받아들일 거라고 믿었다. 만약에 그마저도 무시하고 밀고 들어온다면 서 학장에게 도움을 청할 수밖에 없다는 생각을 했다. 그것이 종만과의 기나긴 인연에 마침표를 찍는 유일한 방법이었다. 그는 손목시계를 보면서 캠퍼스 맨 끝에 있는 작업장으로 가는 비탈길을 걸어 올라갔다. 문득, 어린 날 종만네 이발소로 가던 언덕 위 황톳길이 떠올랐다. 비 오는 날이면 붉은 진흙에 발이 푹푹 빠지던 그 길이.

은어가 사는 강물

1

명수가 보이면 근처에는 으레 병국이 있기 마련이었다. 서로 직장이 달라 낮시간에 떨어져 있어도 퇴근 이후에는 누가 먼저랄 것도 없이 삐삐를 쳤다. 명수는 대구 다사취수장에 다녔다. 공채 3개월의 9급 말단 직원이었다. 병국은 구미공단에 있는 구산실업 생산직 사원이었다. 결혼은 명수가 먼저 했다. 고향 친구인 은옥과 대구시 달서구 본리동에 있는 13평짜리 개나리맨션에 신혼집을 차렸다. 은옥은 인쇄소 경리로 일하다 출산이 임박해서는 잘렸다. 병국도 공단에서 만난 아가씨와 살림을 차렸다. 신혼 때에는 아내들을 동반하고 낚시를 하거나 볼링장도 가고 술자리도 종종 가졌지만 결혼 3, 4년 차가 지나가면서 넷이 함께 어울리는 횟수는 점점 줄었다. 명수와 병국은

만나기만 하면 서로 티격태격하면서도 여전히 붙어
다녔다.

그날은 1991년 3월 14일 목요일 밤이었다.

병국이 명수를 구미공단에서 가까운 옥계천으로
불러내어 밤낚시를 했다. 구미시는 낙동강과 합류하
는 두 개의 하천이 흐르고 있었는데 그것이 구미천과
한천이었다. 이 두 하천이 신평동과 옥계동 앞을 지
난다고 해서 구미천은 신평천, 한천은 옥계천이라고
불렀다. 구미 사람들은 바다가 먼 내륙에 있다 보니
주로 민물낚시를 많이 했다. 병국이 야근을 마치고
오기로 되어 있어서 명수가 먼저 가서 자리를 잡았
다. 낚싯대를 담그기만 하면 붕어가 올라온다는 옥계
천 상류 장천수로 쪽 자리는 대낮부터 다른 낚시꾼들
이 이미 차지하고 없었다. 그래도 손 타지 않은 생자
리들이 남아서 다행이었다. 명수는 텐트를 치고 찌에
등을 달아주는 야간 케미 불빛을 밝히고 낚시 채비를
차렸다. 병국의 것은 올림낚시 채비로 명수는 내림낚
시 채비로 대편성을 완성했다. 그러고 나자 물 위에
뜬 부평초와 어리연꽃잎 위로 빗방울이 후두둑 듣기
시작했다. 명수는 오리털 점퍼 위에 우의를 입고 앉았
다. 3월이라지만 밤공기가 찼다. 늦게 나타난 병국이
너스레를 떨며 명수가 내민 보온병에 담긴 커피믹스

를 받아 들었다.

"야, 나는 이런 물가에 와야 사는 것 같다니까."

명수가 주는 달달한 커피 한 모금에 병국은 야간 근무의 피로가 싹 가시는 기분이었다.

"니는 야간 근무도 안 하고 좋겠다. 우리는 맨날 야근이다 뭐다 해갖고 겨우 짬 낚시 몇 번 하고 나면 일 년이 지나간다 아이가."

병국이 입맛을 다셨다.

"좋긴 뭘 짜다리 좋겠노."

"와아? 그새 뭐가 또 마음에 안 들더노. 낙동강물에 다시 은어가 뛰놀게 만들라꼬 도서관에 처박히가 궁디 땀띠깨나 안 났더나. 물이 죽으마 사람도 물고기도 다 죽는다꼬. 아주 세상없는 일을 할 거 맨키로 잘난 척을 해쌓더만 와, 또 뭐가 틀렸는데."

"그런 기 있다 마…. 여기는 사람들도 다 조금씩 이상하고…. 수질검사만 해도 그래. 야간이나 주말이나 공휴일에는 아예 안 하거든. 평일에 하는 거도 그저 형식적이야. 그래갖고는 수돗물이 오염돼도 발견할 수 있겠냐고."

명수는 할 말이 많아 보였다.

"어델 가나 고충 없는 데가 어데 있겠노…."

"빙국이 너그 회사는 폐수 방류 안 하나."

"야, 은맹수, 니가 정수장 드간 지 을매나 됐다꼬 벌써부터, 와 이 새끼 봐라."

"낙동강 상류에 공단이 줄줄이잖아. 너그 구미공단이나 달성공단, 현풍기계공단, 다 자유롭지 못하지."

"됐고…. 나는 요새, 여름방학만 되면 은어 낚시하러 다닌다고 새까매 갖고 돌아댕기던 그 시절이 그립다. 그때로 돌아가고 싶다."

병국이 명수의 말을 끊고 딴소리를 했다.

"무슨 소리 하노. 그때 니 이 행님 아니었으마 와룡산 뻐꾸기 될 뻔한 거 다 이자뿐나. 나는 니 땜에 황천길 재촉할 뻔했다 아이가. 니 건진다꼬 돌부리에 부딪치가 멍들고 발바닥은 째지고 아이고 엉성시러 버라."

명수가 고개를 양옆으로 흔들면서 클클 웃었다. 대구 와룡산은 58 개띠인 그들이 유년을 보낸 고향 마을 뒷산이었다. 여름방학이 시작될 즈음 동네 아이들과 어울려 내성천으로 은어 낚시를 갔다가 병국이 물에 빠져 죽을 뻔한 일이 있었다. 그 일을 두고 명수는 종종 병국을 빙국이니 뻐꾸기니 하면서 놀려대었던 것이다. 전날 비가 와서 내성천은 갑자기 불어난 물로 유속이 드셌다. 위험을 미처 감지하지 못한 병국이 물속에 들어갔다가 이끼 낀 바위를 밟고 미끄러졌

다. 물속에서 머리가 올라왔다 내려갔다 하면서 떠내
려가는 병국을 명수가 재빨리 달려들어 구해내지 않
았더라면 어떻게 되었을지 모를 일이었다.

"아, 새끼 맨날 생색은. 그기 언제적 일이고."

　병국은 모처럼 즐거운 기억을 깨뜨린 명수에게 짜
증을 냈다. 말은 그렇게 했지만 명수가 자신을 구하
기 위해 온몸을 던진 사실을 어찌 잊었을까. 어쩌다
술이라도 한잔해서 기분이 좋을 때면 '맹수 니가 내
생명의 은인아이가' 하면서 치사를 했다. 명수는 여
덟 살부터 아버지를 따라다니며 은어 놀림낚시를 배
웠다. 그 덕이었을까. 명수는 물속에서도 날렵했다.
돌이끼를 주식으로 먹고 자라는 은어는 이끼 긴 바위
틈이 자신만의 영역이라고 생각해서 다른 은어가 침
범하면 맹렬히 공격한다. 은어 놀림낚시는 이런 은어
의 습성을 이용한 낚시법이다. 낚싯대에 씨은어를 끼
워서 바위틈 근처에 던져 놓으면 제 영역을 침범한다
고 생각한 은어가 영락없이 씨은어를 공격하다가 낚
싯바늘에 걸려들고 만다. 그 시절 내성천은 여름이면
수박 향이 가득할 정도로 은어가 많았다. 환경오염에
민감해서 일급수에서만 사는 은어가 그렇게 많았다
는 건 내성천이 얼마나 맑고 깨끗했는지를 알 수 있
는 반증이기도 했다.

그들이 살았던 강촌 마을의 시간은 느리게 흘러갔다. 그들은 별로 서두르는 법이 없어 보였다. 인근 도시에 구미공단이 들어서기 전까지는 그랬다. 공단이 들어서면서부터 마을 사람들은 달라졌다. 공단에는 노동자가 필요했으므로 각지에서 일자리를 찾아 사람들이 몰려들었다. 마을에서도 여럿이 구미공단으로 떠났다. 그들은 해마다 명절이면 회사에서 받은 참치통조림이나 럭스비누세트 같은 선물 꾸러미를 들고 고향을 찾았다. 1981년에 2단지 조성이 완료되고 3단지 기공식이 있던 1987년 무렵, 병국도 마을형을 따라 구산전자 생산직 사원이 되었다.

"제수씨 출산예정일도 다 돼가재."

"얼마 안 남았지."

"제수씨 닮은 딸이면 대기 이쁠 기라 그쟈."

병국이 은옥의 오목조목한 얼굴을 떠올리며 명수 쪽을 보았다.

"와, 근데 오늘따라 와 이래 입질이 없노. 찌가 꼼짝을 안 하네."

명수는 병국의 말에 별 대꾸도 없이 볼멘소리를 했다.

"그러게. 이런 적이 없었는데. 작년 이맘때는 참붕어를 비료 푸대가 넘치도록 담았다 아이가. 우리 공장 사람들한테 한 바가지씩 퍼주고도 지겹도록 매운탕 끼리 먹었는데. 이 행님 믿고 쪼매이 더 기다리바라.”

병국이 큰소리를 쳤다.

“우리 고딩 여름방학 때, 황강 변에서 은어 낚시하던 생각 안 나나. 와 그 찐한 수박 향…”

병국은 마치 수박 향을 맡는 것처럼 코밑을 손가락으로 훑었다.

“지금은 옛날 그 황강이 아니야. 낙동강 하구둑 들어서고 나서는 본류 오염이 심해져 갖고 황강까지 은어가 못 올라온다 아이가.”

명수가 코끝으로 내려온 안경을 치켜올렸다.

“합천호에도 대구 낚시꾼들이 진짜 마이 몰렸었는데. 잉어, 붕어, 뱀장어, 메기도 마이 낚았잖아.”

“맞아. 상류 하류 할 거 없이 피라미, 붕어, 메기, 뱀징이, 돌고기, 꺽지, 또 머가 있노…”

“망태, 모래무지, 퉁가리도 있었고…”

입질이 없기는 병국도 마찬가지여서 두 사람은 그 천진하던 시절의 낚시터에 대한 추억을 주거니 받거니 하면서 시간을 보냈다. 시간은 어느덧 새벽 4시가 훌쩍 넘어갔다. 한두 차례 세차게 따르던 빗줄기도 말끔히 걷히고 어느새 달무리 사이로 둥근 달이 떠올랐다. 주변이 달빛으로 은은하게 밝아왔다. 병국이 하품을 했다. 명수도 졸립기는 마찬가지였다. 둘다 졸다 깨기를 반복했다. 그때 문득 입질도 없이 낚싯대가 휘어지는 것이 보였다. 명수는 반가운 마음에 힘차게 챔질을 했다.

"그르-치."

명수가 탄성을 지르자 병국이 덩달아 신이 나서 뜰채를 가지고 달려왔다.

"야, 은맹수 짜샤, 싸라 있네."

병국이 지레 감탄을 했다. 그런데 이게 웬일인가. 감탄이 탄식으로 바뀌는 건 한순간이었다. 명수가 들어 올린 낚싯대에 걸려든 것은 참붕어가 아니라 토종 민물거북이인 남생이였다. 그것도 산 놈이 아닌 허연 배를 뒤집고 죽은 놈이 올라온 것이었다. 그것을 본 두 사람은 동시에 소리를 질렀다.

"뭐꼬 이기."

그뿐이 아니었다. 잘못 걸려든 죽은 남생이를 바늘에서 빼내는데 발밑에 죽은 붕어 떼가 하얗게 떠밀려와 있는 게 아닌가. 아직 산란 전이어서 배가 불룩한 놈들이었다. 명수는 불현듯 은옥을 떠올리며 안경 끝을 치켜올렸다. 아내는 만삭인 배를 이리저리 뒤치면서 지금쯤 코를 골며 자고 있을 터였다.

"야 가마이 있어 봐봐… 이기 무슨 일이고. 무슨 사라호 태풍이 지나간 것도 아이고 이 정도 비에 산란도 안 한 물고기가 떼죽음한다는 기 말이 되나."

명수는 이 상황을 어떻게 이해해야 할지 얼른 판단이 서질 않았다. 장천수로 쪽은 어떤지 궁금했다. 고개를 돌려보니 그쪽에서 대를 펼치고 있던 낚시꾼들은 언제 철수를 했는지 보이지 않았다. 수몰된 느티나무 근처에는 여전히 낚시 불빛이 보였다.

"저쪽 사정은 어떤지 함 가보까."

명수가 나서자 병국이 손전등을 들고 뒤따랐다. 비 그친 밤하늘에는 어느새 구름 사이로 얼굴을 내민 새벽달이 옥계천을 희미하게 비추었다.

"아직 날 밝기 전인데 불쑥 나타나면 사람들 놀래니까 멀찌감치 떨어져서 많이 잡았습니까 해보지 뭐. 그라믄 무슨 말을 안 하겠나. 어두울 때는 짐승보다 사람이 더 무섭거든."

명수가 말했다. 두 사람은 낚시 불빛이 보이는 가림막 가까이 가기 위해 뚝방을 따라 걸어갔다. 병국이 손전등을 이리저리 비추며 걸었다. 그때 풀이 제멋대로 자란 뚝방 사이에 마치 비밀스레 숨겨둔 것처럼 하수관 두 개가 보였다. 한밤중이어서 그랬던 걸까. 그것은 옥계천을 향한 괴물의 시커먼 눈 같기도 하고 거대한 대포 총구처럼 보이기도 했다. 병국이 두 개의 하수관 쪽으로 손전등을 비추었다. 그러자 그곳에서 시커먼 폐수가 뭉클뭉클 쏟아져 나오고 있었다.

"야, 저거 머꼬."

명수가 화들짝 놀라 소리쳤다.

"어, 공장 폐수 아이가? 하수구가 여 있는 거 보이 구미공단인데?"

"그쟈. 무슨 해일이 밀리 온 거도 아인데 멀쩡한 물고기가 떼죽음 당한 기 이상하다 했더만은. 바로 저거네 저거. 와 진짜."

명수와 병국은 믿을 수 없는 광경에 벌린 입을 다물지 못하고 그 자리에 붙박인 듯이 서 있었다. 남생이와 물고기 떼의 죽음이 그제야 연결되는 것 같았다. 온몸에 소름이 돋았다. 옥계천 물이 다사취수원으로 모여 낙동강으로 흘러 들어간다는 사실쯤은 명수도 너무나 잘 알고 있었다. 도대체 어떤 기업일까. 물고기가 떼죽음을 당할 정도로 치명적인 독소가 든 폐수를 흘려보낸 곳이. 그 순간, 실험실장 김원이 떠올랐다. 빨리 출근해서 김원에게 보고부터 해야겠다는 생각이 들었다. 그때만 해도 그는 삶이 얼마나 부서지기 쉬운 존재인지 미처 알지 못했다.

2

개나리맨션은 매월 2, 4주 토요일 오후 2시가 되면 복도 물청소를 했다. 처음에는 매주 토요일마다 하다가 부녀회에서 2, 4주로 늦춘 게 지난가을부터였다. 80년대 초에 지어진 이 아파트는 6세대가 같은 복도를 쓰는 5층 건물이었다. 옆집에 누가 사는지도 모른다는 도시의 아파트들과는 달리 이웃끼리 가깝게 지냈다. 주민들은 그것이 다 부녀회에서 하는 이 물청소 덕분이라고 여겼다. 층별로 하는 물청소는 타일 바닥에 하이타이 푼 물을 붓는 걸로 시작했다. 그 위에 긴 장대 솔로 거품이 하얗게 나게 문질러 묵은 흙 때를 빼고, 고무호스로 물을 뿌려 플라스틱 비로 싹싹 쓸어내리면 그만이었다. 마포 걸레질까지 해서 반들반들 윤이 나게 닦아내면 복도를 지나다니는 사람들의 마음까지 말끔해지는 것 같았다.

그날은 3월의 2주 토요일인 3월 16일이었다. 4층에서 물청소를 하는데 수돗물에서 다른 날과 달리 불쾌한 냄새가 났다. 고무호스를 통해 나오는 수돗물은 육안으로 보기에는 예전과 다름없어서 사람들은 소독을 좀 심하게 했나 보다 하고 넘겼다. 4층 복도 끝 507호가 은옥과 명수의 신혼집이었다. 숫자 4를 죽을 사자라고 해서 아파트 호수 표기 같은 데에는 쓰지 않다 보니, 실제로는 4층인데도 호수는 5로 시작해서 501, 502… 등으로 표기했다.

물청소가 끝난 참에 은옥이 빨간 보온병을 싼 보자기를 풀었다. 만삭이라 불룩 튀어나온 배 때문인지 작은 키가 더 작달막해 보였다.

"커피 배달 왔습니다아."

은옥이 과장되게 콧소리를 냈다.

"안 그래도 새댁이 커피 생각나던 참이다."

503호 곤이 엄마가 청소 용구를 챙기다 말고 은옥의 커피를 반겼다. 은옥은 커피 설탕 프림을 각각 두 스푼씩 미리 타가지고 온 종이컵을 돌리고 뜨거운 물을 따라 주었다.

"새댁이는 커피를 하나 타도 우째 이리 입에 짝 붙게 타노."

곤이 엄마가 청소 끝에 달게 마신 종이컵을 구기며 기분 좋게 웃어 보였다.

"둘둘둘 커피가 그 맛이 그 맛이지 성님은, 너무 띠아주지 마이소. 아가 거만해집니다."

은옥보다 두어 살 많은 영숙 씨가 시샘하는 척 농담을 했다.

"무슨 소리 하노. 똑같은 커피라도 누가 타느냐에

따라 맛이 을매나 다르다꼬. 옛날에 내 공장 다닐 때, 우리 공장장 비서 추 양이라고 좀 뚱뚱하이 얼굴은 뭐 볼 거 없이 생겼는데, 커피를 진짜 잘 탔거든. 공장장이 맨날 우리 추 양, 우리 추 양 해쌓는기 다 그 커피 맛 때문이었던 기라. 내가 추 양 타는 대로 똑같이 타봐도 그 맛이 안 나더라고. 희한하재. 그래서 내가 커피 손맛이라는 기 따로 있다는 걸 알지. 새댁이도 커피 손맛 하나는 십문칠로 마침맞다.”

곤이 엄마가 공장장 비서였다는 추 양을 호명해 가며 은옥의 커피 맛을 칭찬했다.

“에이 무슨 손맛은요. 울 신랑 주말마다 대덕산 약수터 가서 약숫물 떠 오잖아요. 그러니까 약수 맛 때문이라면 몰라도.”

“그 집 신랑은 정수장에 다니는데도 약수터 가서 약숫물 떠 오는 거 보면 수돗물을 우째 믿겠노.”

501호 영숙이 은옥을 마주 보았다.

“그라니까 라면 공장 사장이 저거 아들한테는 라면 못 먹게 한다는 거 아이가.”

505호 미순이었다.

“그러게 말입니다. 재작년 여름에는 중금속이 검출됐다고 난리 났죠. 또 작년에는 발암물질이 나왔다고 했잖아요. 그러니까 꺼림칙해서 차 마실 때나 밥물 정도는 수돗물 안 쓰고 약수터 물 쓴다 아입니까.”

은옥이 말했다.

“진짜로 이노무 수돗물을 무야 할지 말아야 할지 맨날 걱정이야.”

미순이 심란한 표정을 지었다.

“생수가 합법화된다 캐도 서민들이 그 비싼 물을 우째 사 묵노. 기름값보다 비싼 물을. 그러이 우리야 죽으나 사나 수돗물로 보리차 끼리 묵는 수밖에 더 있겠나.”

“아휴, 그러게 말입니다.”

미순의 말에 은옥이 크게 공감했다.

“그나저나 배도 출출할 낀데 우리 집 가서 감자수제비라도 한 그륵 합시다. 반죽도 다 해 놓고 김밥 말아 놓은 거도 몇 줄 있구만은.”

곤이 엄마는 모처럼 주말 오후를 이웃들과 어울려 수다라도 떨고 싶었다. 가난한 신혼 시절 강원도 친정에서 보내주는 감자로 질리도록 감자수제비를 해 먹었는데도 여전히 만만한 게 감자수제비였다. 그날 물청소가 끝나고 곤이 엄마 집에 모인 사람은 넷이었다. 물청소에 불참한 502호와 오후에 약속이 있다는 506호가 빠졌다.

곤이 엄마가 부지런히 감자수제비 반죽을 떼 넣는

옆에서 은옥은 국자로 펄펄 끓는 육수를 저었다. 육수에서 무언가 역한 냄새가 확 올라왔다. 구토가 날 것 같았다. 출산 예정일이 아직 한 달 이상 남아 있었다. 은옥은 재빨리 화장실로 피했다.

"새댁이가 아까부터 좀 안 좋은 거 같재."

영숙이 눈을 동그랗게 뜨자 셋이 동시에 화장실 문 쪽을 바라보았다.

"예정일이 좀 남았다던데…."

미순이 말했다.

"뱃속에 있을 때가 제일 편하지. 낳아봐라. 그때부터 고생 아이가. 잠을 함 제대로 잘 수가 있나. 어디 외출을 맘대로 할 수가 있나."

영숙은 김밥을 썰고 냉장고에서 꺼낸 김치를 그릇에 담는 일을 익숙하게 해내면서 은옥을 걱정했다. 은옥은 아무 일도 없었다는 듯 이내 주방으로 돌아왔다.

"새댁이 몸이 안 좋나? 고마 앉아 있거라."

곤이 엄마가 걱정스레 은옥에게 턱짓으로 식탁 쪽을 가리켰다.

감자수제비가 차려지고 다들 출출한 터에 숟가락질이 바빴다. 그릇이 다 비어갈 때쯤 은옥이 갑자기 한 손으로 입을 틀어막고 다시 화장실로 들어갔다.

"우짜겠노. 속이 진짜 마이 안 좋은갑다."

걱정이 된 곤이 엄마가 화장실 문 앞에 가 섰다.

"근데 성님, 수제비 국물 맛이 좀 안 이상합니까. 소독약 냄새 같은 기 좀 많이 배어나는 것도 같고."

영숙이 곤이 엄마 모르게 미순의 귀에 대고 소곤거렸다.

"고이 엄마 기분 나쁠까 봐 말도 몬 하고 먹긴 했는데⋯."

미순이 이마를 찌푸렸다.

"수제비 국물에 뭘 넣었길래, 아이구 참 나."

영숙이 이마를 찡그리며 투덜거렸다.

은옥은 병원에 가볼 생각으로 먼저 자리를 떴다. 영숙이 동행하겠다고 따라나섰지만 괜찮다고 만류했다. 진료과목이 산부인과와 소아과인 병원에는 대기 환자가 많았다. 간호사는 의사가 시술 중이어서 대기만 해도 한 시간 이상 걸릴 수 있다고 퉁명스럽게 말했다. 주말 오후인데도 일찍 퇴근하지 못하게 된 불만이 얼굴에 고스란히 드러났다. 은옥은 차례를 기다리는 동안에도 배가 당기는 듯 아프고 간간이 복통이 일어났다. 불길한 생각이 들었다. 초조하게 기다리는데 간호사가 이름을 불렀다. 가슴이 덜컥 내려앉았다. 의사가 진찰 끝에 조산기가 있어서 소변검사까지 해본 건데 페놀이 나왔다고 말했다.

"페놀이 뭡니까?"

은옥이 겁먹은 듯 큰 눈을 더 동그랗게 떴다. 의사는 페놀이 인체에 해로운 독성물질이라고 말했다. 그러고는 페놀이 들어간 물을 먹었을 가능성에 대해서 설명해 주었다. 오늘 내원한 4주 차 임산부는 소변검사에서 페놀이 검출되어서 인공유산을 했다고 말했다. 페놀이 유산이나 사산, 기형아 출산 같은 치명적인 해를 끼칠 수 있다는 말이었다. 은옥은 눈앞이 하얘졌다. 출산일을 손꼽아 기다리는 명수의 얼굴이 떠올랐다. 다리에 힘이 풀려 도무지 자리에서 일어설 엄두가 나지 않았다. 의사는 너무 염려할 필요는 없다고 말하면서도 만약에 밤중에라도 양수가 터지거나 피가 비치면 그 즉시 내원해야 한다고 말했다. 병원 맨 위층이 의사가 상주하는 살림집이었다.

3

개나리맨션 주민들이 물청소를 하던 그 시각, 명수는 실험실 책임자 김원이 외근에서 돌아오기를 기다리고 있었다. 김원은 11년 차 보건직 8급이었다. 늘 후줄근한 감색 점퍼 차림의 입성에, 직설적이고 좀 괴

팍한 데가 있었다. 그래도 직원 중에서 수돗물 개선에는 누구보다 진심인 편이었다. 그는 정수장의 수질 검사 능력에 대해서는 늘 회의적이었다. 실험 기계 구입 문제에 소극적인 소장에게는 대놓고 쓴소리를 하곤 했다. 김원은 직원들의 퇴근 무렵이나 되어서야 외근에서 돌아왔다. 명수는 얼른 그에게 가서 전날 옥계천 낚시터에서 폐수 방류 현장을 발견했다고 조심스럽게 보고를 했다. 옥계천 제방에 숨겨져 있던 두 개의 하수구에서 뭉클뭉클 쏟아져 나오던 폐수가 떠오르자 자신도 모르게 감정이 격앙되었다. 당장이라도 옥계천으로 채수를 나가야 하는 건 아닌가 했다. 하지만 김원은 잠시 귀를 기울이는가 싶더니 입꼬리를 한쪽으로 말아 올리며 의미심장한 말을 했다.

"3차 물 파동이 언제 터진다 해도 뭐 이상할 기 있겠나."

그가 3차 물 파동이란 말을 쓴 것은 그전에 겪은 1, 2차 물 파동 때문이었다. 명수가 정수장에 들어오기 전의 일이었다. 1차는 89년 8월에, 그로부터 1년 뒤인 작년 90년 7월에는 2차 물 파동 사건이 있었다. 1차 물 파동 때 노태우 대통령은 자신의 임기 중에 반드시 깨끗한 물을 공급하겠다고 호언장담했다. 하지만 그것이 그저 허울 좋은 인기 발언에 불과했다는 사실이 드러나는 데는 채 1년도 걸리지 않았다. 다시 수돗물에서 발암물질이 검출되었던 것이다. 김원의 3차 물 파동 발언이 그리 새삼스럽지 않은 이유였다.

그날은 명수가 당직을 서는 날이었다. 토요일이어서 수질검사 요원 일곱 명이 모두 퇴근하고 기사 자격증도 없는 9급 말단 직원인 명수 혼자 사무실을 지켰다. 조용한 사무실에 전화벨 소리가 유독 요란하게 울린 것은 오후 2시 30분쯤이었다.

"여보세요. 다사정수장입니까?"

중년 여성의 목소리였는데 무언가에 잔뜩 화가 나 있었다.

"여어는 달서구 본리동인데예. 수돗물에서 악취가 나서 물을 먹을 수가 없습니다."

명수는 본리동이면 우리 동넨데 하는 생각을 하면서 은옥을 떠올렸다. 확인해 보겠다고 대답하고는 수화기를 놓았다. 수화기를 놓자마자 또다시 전화벨이 울렸다. 본리동 주민이 더 할 말이 남았나 했는데 뜻밖에도 이번에는 도원동 주민의 전화였다. 수돗물에서 악취가 나서 못 먹겠으니 조치를 좀 취해달라고 말했다. 수돗물은 염소 소독이 원칙이므로 명수는 아무런 의심 없이 염소실에 가서 취수장에 염소 투입을 했다. 그런데 염소 소독을 한 뒤에도 여전히 수돗물 악취를 호소하는 전화가 걸려 왔다. 그는 실험실장 김원에게 삐삐를 쳤다. 연락을 기다리는 사이에 또 다급한 마음에 염소를 투입했는데 그 바람에 수돗물 악취는 더욱더 심해지고 말았다. 비상 연락을 받고 세 시간이나 지나서 달려온 김원은 낙동강 원수를 시료로 간이 수질검사를 했다. 정수 기준치의 20배가 넘는 페놀이 검출되었다. 그는 명수에게서 염소 소독을 했다는 말을 듣고 눈앞이 캄캄했다. 그는 다급히 염소 투입을 중지시키고 이산화염소로 대체했다. 3차 물파동에 대한 불길한 예감이 그의 머릿속을 스쳤다.

나중에 안 사실이지만 명수가 그날 밤, 병국과 함께 본 옥계천 하수관의 공장폐수가 바로 페놀이었다. 그때는 그 사실을 알 턱이 없었다. 보통의 수돗물은 염소 소독이 원칙이지만 페놀이 조금이라도 함유된 수돗물에서라면 문제는 달라진다. 페놀류를 함유한 물은 염소 소독을 하면 페놀보다 더 독성이 강한 클로로페놀이란 지독한 냄새를 풍기는 2차 오염물질을 생성하기 때문이다.

수돗물 악취 사건에 대한 보도는 그다음 날 일요일 저녁 9시 뉴스에 나왔다. 수돗물에서 악취가 난다는 대구시 주민들의 제보 전화가 빗발친다고 했다. 대구시 상수도본부는 비상이 걸렸다. 수돗물 악취의 원인을 찾기 위해 낙동강 원수와 정수에 대해 적성 검사를 실시했다고 보도했다. 다음 날도 그다음 날도 수돗물 악취 사건에 대한 뉴스가 끝없이 이어졌다. 조사 결과는 충격적이었다. 낙동강이 페놀로 오염된 것으로 판명이 났기 때문이었다. TV, 라디오, 신문을 가릴 것 없이 전 매스컴이 온통 낙동강 페놀 사태 이야기로 벌집을 쑤셔 놓은 듯했다. 수돗물 악취 사건도 처음 있는 일은 아니었다. 대구시 상수도 당국은 사건 발생 2년 전부터 여러 건의 신고 접수를 받았다. 그때에도 실제로 페놀이 검출됐지만 단순한 여름철 악취로 치부하고 원인 조사조차 제대로 하지 않았다. 그 때문에 물 문제에는 유독 예민할 수밖에 없는 주부들이 수돗물을 먹어도 되느냐 먹지 말아야 되느냐 늘 말들이 많았다. 70년대 말부터 이미 부유층에서는 세탁이나 목욕은 수돗물로 하더라도 식수만큼은 정수기 물이나 생수를 마셨다. 그럴 형편이 안 되는 서민들은 보리차를 끓여 마시거나 수돗물을 항아리 같은 데 미리 받았다가 가라앉혀 마시는 정도가 고작이었다.

　그렇게 1, 2차 물 파동을 겪고서도 9개월 만에 또다시 3차 물 파동 사건이 터지고 만 것이었다. 이 3차 물 파동 사건은 지금까지의 경우와는 확연히 달랐다.

　대한민국의 모든 매스컴이 페놀 수질 대책 상황실을 주시했다. 조사 결과 대구시 급수구역의 71% 급수전이 오염된 것으로 확인하였다. 42만 세대 약 162만 명이 오염수로 피해를 입은 셈이었다. 뿐만 아니라 영남 시민의 젖줄인 낙동강 물이 구미공단에 있는 구산전자에서 불법 방류한 페놀 폐수로 인해 오염된 것이었다. 특히 임산부의 피해는 상상을 초월했다. 800여 명의 임산부가 유산, 사산, 기형아 출산 등으로 끔찍한 고통을 당했다.

　구산전자의 페놀 원액 저장탱크에서 페놀수지 생산라인으로 통하는 파이프가 파열되어 낙동강 지류인 옥계천으로 흘러 들어갔고, 다사취수장 측에서는 원인 파악이 제대로 안 된 상태에서 공채 3개월의 말단직원인 은명수가 염소 소독으로 악취를 더 키운 셈이었다. 다사취수장을 오염시킨 페놀은 낙동강을 타고 흘러 밀양, 함안, 칠서 수원지에서 검출되었고, 부산 마산을 포함한 영남 전 지역이 페놀 오염에 휩싸였다. 그리하여 1천5백만의 대구, 부산 등 영남 지역 주민들이 직접적으로 피해를 본 대형 사고로 이어진 것이었다.

　처음 제보 전화를 한 본리동 주민은 개나리맨션 부녀회장이었다. 오후 2시쯤 아파트 복도 물청소를 하는데 수돗물에서 악취가 났다고 했다. 모유 수유를 하는 주부는 악취가 풍기는 수돗물을 이상하게 여기면서도 소독을 좀 많이 한 모양이라 생각하고 먹었다고 했다. 엄마의 모유를 먹은 젖먹이 아기는 설사로 인한 탈수로 병원 응급실에 입원까지 했다. 수돗물로 빚은 막걸리에서 악취가 나서 모두 폐기 처분했다는 양조장 주인, 수돗물로 커피를 끓여 마시고는 구토와 설사, 복통을 일으켰다는 시민 등의 제보 전화가 줄줄이 이어졌다.

　공해추방운동연합에서는 페놀 독성 반응 실험을 했다. 공장 배출 허용 기준치의 페놀이 함유된 물에 금붕어를 담근 실험이었다. 실험 40분이 지나자 금붕어의 지느러미가 마비되면서 움직임이 둔화되었다. 그리고 1시간 후에는 몸 전체가 기운 채 떠다니기만 했다. 2시간이 되자 아가미를 벌리고 간헐적 호흡을 이어가다 마침내 3시간 40분 만에 죽었다고 했다. 창원시 석전삼거리 쪽에 있는 열대어수족관 주인이 월요일 아침에 나와 보니까 물고기가 모두 다 죽어 있더라고 했다. 공장 배출 허용 기준치에서도 금붕어가 죽어나가는데 그보다 더 심한 페놀이 함유된 오염수를 먹은 사람들이야 더 말해 무엇 하겠는가. 대구 시내 병원과 약국에는 때아닌 복통을 호소하는 환자가 속출했다.

정부는 구산전자에 겨우 조업정지 30일의 솜방망이 처분을 내렸다.

그마저도 제대로 지켜지지 않았다. 구산은 경제적 타격이 크고 수출에 지장을 준다는 명분을 내세워 조업 재개를 요청했고 정부는 17일 만에 조업정지를 풀어주었다. 구산 측은 그걸로 면피를 할 조짐이었다. 그런데 더 놀라운 일이 벌어진 것은 겨우 2주일 만이었다. 구산이 또다시 페놀 1.3톤을 유출하는 2차 사태가 벌어진 것이었다. 이 2차 유출 사태는 시민들의 분노에 기름을 부은 결과를 낳았다. 이번에는 검찰이 즉시 정밀 조사에 나섰다. 그 과정에서 은폐되었던 엄청난 사실이 밝혀졌다. 구산전자가 페놀을 방류한 시점이 명수와 병국이 옥계천에서 현장을 목격한 91년 3월 14일이 아니었다. 페놀폐수소각로 1기가 고장난 90년 6월부터 총 325톤의 페놀을 이미 무단 방류해 오고 있었던 것으로 드러났다. 정화 비용 500여만 원을 아끼기 위해서 매일 2.5톤씩 무단 방류를 일삼

왔다는 사실에 시민들은 경악했다. 1차 페놀 사태가 나기 전에도 구미 칠곡 일대에서 수돗물 악취 신고가 있었지만 번번이 묵살된 사실도 밝혀졌다. 참으로 아이러니한 것은 다사취수장 말단 직원 은명수의 부주의로 악취를 키우는 바람에 재벌기업의 만행이 백일하에 드러났다는 점이었다.

구산전자는 그렇게 고의적인 만행에도 불구하고 직원의 실수라느니 배출구 파손으로 인한 불의의 사고라느니 하면서 사건의 본질을 왜곡하고 호도했다. 어떻게든 책임을 회피하려는 재벌기업의 속성에 시민들의 분노와 항의가 그 어느 때보다 높았다. 낙동강 페놀 사태는 가해자가 분명하고 그 피해가 광범위한 우리나라 최대의 환경오염 사건이었다. 이 엄연한 사태 앞에서도 대구시 보건환경연구소는 수돗물을 마셔도 괜찮다고만 했다. 환경처 장관 또한 사건 무마에만 혈안이 되어 페놀이 인체에 무해하다는 말을 되풀이했다. 집권당 국회의원들은 카메라 셔터 앞에 나란히 서서 수돗물을 한 컵씩 들이켜는 구태를 태연히 연출했다. 공해기업 구산전자는 간접 살인을 자행한 범죄행위를 진정으로 반성하지 않았고 행정부와 집권당은 이를 비호하느라 위선을 떨었다.

넥타이 부대들이 구산실업 본사가 있는 구산빌딩

앞으로 달려가 구산제품인 OB맥주와 코카콜라를 바닥에 쏟아버리는 퍼포먼스를 벌였고, 시민들이 크게 호응했다. 구산제품 불매운동과 수도요금납부 거부, 피해보상을 촉구하는 시위 등이 잇따랐다.

4

그날 아침 개나리맨션 앞 화단에는 때아닌 동네 주민들이 모여 웅성거리고 있었다. 1층에 사는 칠곡 할매도 나와 있었다.

"수돗물도 맘대로 못 먹는 세상이 다 오다이. 아무리 공장 돌리는 기 중요하다지마는 사람들이 묵는 물에다가 우째 그리 야마리 없는 짓을 해씰꼬. 아이고 내가 너무 오래 살았는갑다."

칠곡 할매의 골진 이마 주름이 더 깊어 보였다.

"그러게 말입니더."

개나리맨션 부녀회장이 할머니의 말에 응수했다.

"양심이 있으모 어데 그랬겠습니까. 벌써 작년 말부터 비 오는 날마다 살짝살짝 내보냈다 안 합디까. 무려 5개월 동안이나 그랬으이 낙동강 물 묵는 영남 지방 사람들은 페놀 폐수 드간 수돗물 마시고 다 죽어삐도 좋다는 거 아입니까."

곤이 엄마가 분통을 터뜨렸다.

"세상에…. 금붕어를 오염수에 담겼더만은 3시간 반 만에 죽었다잖아요. 물이 죽으면 물고기도 사람도 다 죽는다는 거를 우째 모를꼬."

부녀회장이었다.

"하반신 마비가 된 임산부도 있다 안 합니까."

영숙이 카디건을 여미며 말했다.

"아, 그 만촌동 사는 아줌마 말이지예. 소변에 페놀이 나오니까 유산을 시키다가 그래 됐다 하대예."

곤이 엄마는 안타까워서 어쩔 줄 몰라 했다.

"그나저나 507호 새댁이 불쌍해서 우짜꼬. 그 무거운 몸으로 4층까지 오르내리기도 힘들었을 낀데도 만나면 그리 반갑게 인사하고 그랬는데…. 다 된 얼라를 잃아삐고 신랑은 잽히가고 제정신 지니기도 힘들기라."

질꼭 힐매가 쯔쯔쯔 혀를 찼다.

"요새 시청으로 어디로 뛰어다니면서 항의하고 시위하고 고생이 이만저마이 아이더만은. 피해 본 임산부들이 피켓 들고 시위하는 사진이 대문짝만하게 신문에 실렸는데 맨 앞줄 한가운데에 쪼맨하이 해가 앉아 있더라. 구산실업이 졸지에 그 음전한 새댁이를 환경운동가로 만들어삔 택이재."

곤이 엄마가 말했다.

"사고가 났을 때 빨리 수돗물 묵지 말라고 알려주야 될 낀데 우짠 장관이고 국회의원이고 모지리 수돗물 묵어도 까딱없다고 거짓말을 입에 침도 안 바르고 그래 해쌓는지. 그러이 순진한 사람들이 진짜 괜찮은가 싶어가 묵는 바람에…."

부녀회장이 곤이 엄마를 쳐다보면서 말끝을 흐렸다.

"내사 살 날이 을매 안 남았지만서도 좀 더 살아바라. 공기 사 먹을 날은 안 올라꼬."

칠곡 할매가 말했다.

은옥이 사산을 하고 몸을 채 추스르지도 못한 채 피해임산부들의 시위에 뛰어든 것은 분노 때문이었다. 그날 비상이 걸려 집에 들어오지 못한 명수의 옷가지 등을 챙겨 다사정수장으로 갔다가 못 볼 꼴을 보고 말았던 것이다. 티비에서만 보던 낯익은 고위인사들이 종이컵에 수돗물을 받아 마시는 장면을 카메라가 수선스레 찍고 있었다. 수돗물 파동이 일어날 때마다 벌어지는 그 관제 퍼포먼스였다. 그녀는 이런 사람들에게 우리의 생명을 맡기고 있구나 하는 아득한 절망감을 느꼈다.

업무상과실로 다사정수장 소장과 명수를 포함한 직원 4명이 구속되자 은옥은 남편 면회를 하는 와중에 시위대와 합류했다. 시민단체와 함께 피해 임산부들이 대구시청을 방문했을 때였다. 뜻밖에도 설악 생수를 가득 실은 트럭이 시청 건물 옆에 세워져 있었다. 시민단체 대표가 시장에게 가서 따졌다.

"시청에서는 무슨 물 먹습니까?"

"당연히 수돗물 먹지요."

시장은 마치 종이컵 물을 마시던 고위인사들과 하등 다름없는 얼굴로 태연하게 대꾸했다.

"그러면 밖에 저 생수 트럭은 뭡니까?"

시민단체 대표가 참을 수 없는 분노를 억누르며 창밖을 가리켰다.

"그야 뭐…. 저는 잘 모르는 일이지요."

시장은 사람들의 눈을 제대로 마주치지 못했다. 그 비굴한 모습이 은옥을 더 자극했다.

은옥은 대구 지역 주부들 30여 명과 함께 구미공단의 두산진지 정문 앞으로 달려갔다. 피해 임산부 대표격인 페놀 아줌마가 구호를 선창했다.

―페놀, 우리끼리만 먹기 미안하니까,

흘려보내 주신 분들께도 먹입시다!―

함께 모인 젊은 주부들이 구호의 마지막 네 자를 목이 터져라 따라 외쳤다.

―먹입시다, 먹입시다.―

―무해하다 주장 말고 우리 아기 살려내라!―

―살려내라, 살려내라.―

은옥도 질세라 목청을 높였다. 함께 소리를 지르다 보면 구호들은 가슴 밑바닥에서 차오르는 울음이 되기 일쑤였다. 시위가 끝나가고 있을 때였다. 누군가 은옥에게로 가만히 다가와 섰다. 병국이었다. 시위 대열에 함께하면서 병국이 구산전자에 다닌다는 걸 떠올리긴 했었다. 하지만 이런 조우를 바란 건 아니었다. 남편이 그렇게 되고 제일 먼저 면회를 간 사람이 병국이었다. 그는 아이를 잃고 수척한 은옥의 모습을 보면서 어찌할 바를 몰랐다.

대구의 주부들과 시민단체뿐 아니라 유통업계까지 나서서 구산제품 불매운동을 벌이는 등 사상 초유의 사태가 일어났다. 하지만 사회는 분노할 줄만 알았지 정작 피해자들을 보호하는 일에는 인색했다. 은옥 또한 페놀아줌마라고 불리며 임산부들의 피해 보상을 위해 싸웠다. 길고 지루한 싸움이었다. 시간이 흐르면서 세상은 그 노도와 같은 분노를 서서히 잊어버리고 이들을 외면했다. 진실을 밝히기 위한 페놀아줌마들의 투쟁은 재판부뿐만 아니라 가족들에게조차 외면당하기 일쑤였다. 사람들은 그들에게 돈을 밝힌다, 돈 몇 푼 더 받으려고 한다고 2차 가해를 했다. 싸움이 길어지자 심지어는 가족들의 몰이해로 이혼을 당한 경우도 있었다. 하지만 그들은 다시는 이런 일이 일어나서는 안 된다는 신념으로 끝까지 소송에 임했다.

1995년, 조정판결문을 끝으로 그 긴 싸움은 종지부를 찍었다. 재판부는 더 이상 누구의 책임인지 묻지 말고 이쯤에서 끝내라고 말했다. 1991년 낙동강 페놀 수질오염은 구산전자를 상대로 2년간 재판을 이어간 은옥과 15인의 임산부들에게 씻을 수 없는 상처로 남았다. 페놀로 인해 임산부들이 피해를 보았다는 직접적인 인과관계를 인정할 수 없다는 기가 막힌 판결이었다. 법률적으로는 그럴 수 있는 것인지도 모른다. 하지만 증거의 부재가 어찌 부재의 증거라고 말할 수 있겠는가?

클레멘타인

누군가 예고 없이 현관문을 두드렸다. 그는 설핏 잠에서 깨어났다. 밤낮으로 햇빛이 들지 않는 방 안은 동굴같이 어두웠다. 그는 벽면을 더듬어 형광등 스위치를 찾아 눌렀다. 형광등 불빛이 두어 번 깜박거리다가 딸깍하고 불이 들어왔다. 벽시계를 보았다. 아침인 줄 알았는데 정오가 훌쩍 지나 있었다. 주인 여자가 온 걸까. 여러 달째 월세가 밀려 있었다. 주인 여자가 월세 때문에 야박하게 굴 사람은 아니었지만 꼽이보니 화가 날 만도 했다. 주인 여자는 80년대에 부전초등학교 앞에서 전자오락실로 아들 셋을 공부시킨 또순이였다. 그가 세 든 방이 바로 그 코흘리개들의 돈을 알겨내던 전자오락실 자리였다. 동네 전자오락실이 사양길에 접어들자 문을 닫고 거기다 방을 들인 것이었다. 세를 놓기 위해 대충 얼기설기 엮어만든 방이라 문이며 창문은 아귀가 맞지 않아 삐걱거리고, 싱크대는 비스듬히 기울고, 화장실 변기에 앉으면 마치 상자 속에 꼭 낀 것 같았다. 소음은 최악이었다. 옆집에서 나는 교성이며 싸움박질 소리까지 고스란히 들렸다. 듣고 있으면 절로 욕지기가 치밀었다. 이 형편없는 집에서 깨어나면 온몸이 축 처졌다. 신이 발에 맞으면 신발을 잊는 법인데 몸에 맞지 않는 집은 늘 그를 불편하게 했다.

간밤에 산야에서 마신 술 때문인지 머리가 깨질 듯이 아팠다. 침대에서 내려서자 방바닥은 냉골이었다. 보일러 기름이 떨어진 지 오래였다. 패딩 조끼를 입은 채 잤는데도 한기가 났다. 서면시장에 가서 뜨거운 순대국밥이라도 한 그릇 먹었으면 하는 생각이 간절했다. 그는 잔뜩 위축되어 현관 바깥에 귀를 기울였다. 주인 여자에게 뭐라고 변명할 말이 얼른 생각나지 않았다.

"계십니까. 문 좀 열어보십시오."

뜻밖에 낯선 여자 목소리였다. 주인 여자가 아니라는 사실에 다소 안도했다. 그 바람에 와락 반가운 마음까지 들었다. 그는 생각 없이 현관문을 열었다.

"박동호 선생님 댁입니까."

서른 초중반이나 되었을까. 청바지와 재색 폴라티 위에 검은색 반코트를 받쳐 입은 키 작은 여자가 옷고 서 있었다. 그를 잘 아는 것 같은 그 표정만 아니었다면, 좋은 소식을 전하러 왔습니다 하고 '파수꾼' 같은 전단지라도 불쑥 내밀 것 같은 분위기였다. 어떻게 왔느냐 묻는데 느닷없이 동해남부선 기차 지나가는 소리가 방문객의 대답을 가로막았다. 귀청이 떨어져 나갈 듯한 굉음이었다. 그녀도 어지간히 놀랐는지 반사적으로 귀를 막았다. 그 소리를 들을 때마다 그는 자신이 어쩐지 인생의 막장으로 내몰린 듯한 기분에 빠졌다.

"어머나 시내 한복판에 기차가 다 지나가네요."

기차 소리가 멀어지자 그녀는 놀란 표정을 풀었다.

"부전역이 바로 저 우에 있잖아요."

그는 그녀를 놀라게 한 것이 마치 제 탓인 양 변명하듯 말했다.

"아, 그렇군요."

실로폰처럼 경쾌하게 튀어 오르는 목소리였다.

"박동호 선생님 되시죠?"

"선생은 무슨, 근데 무슨 일로."

그는 비로소 여자를 찬찬히 들여다보았다. 그녀가 명함을 건넸다. KBN 방송국 작가 류민아라고 찍혀 있었다. 명함을 보는 그의 표정이 뜨악해졌다. 방송 작가가 나 같은 사람을 찾아올 만한 일이 무얼까. TV

프로그램 〈달인〉이나, 〈세상에 이런 일이〉에 나갈 만한 유별난 인간도 아니고. 그는 그런 생각을 하며 고개를 갸우뚱해 보였다.

“30년 전에 영광87호 타셨죠.”

그는 문득 비현실감에 빠졌다.

“그걸 어떻게….”

그는 간밤의 꿈속에 자신이 바로 그 영광87호에 타고 있었다는 사실을 떠올리고 놀란 입을 다물지 못했다. 한때는 자주 꾸던 꿈이었지만 최근 들어서는 처음이었다. 달밤이었고, 젊은 선원들 몇이 왁자하게 술을 마시고 있었다. 바다는 바람 한 점, 파도 하나 없었다. 장판 선 바다였다. 그는 소변이 마려워서 땅바닥인 줄 알고 무심코 발을 내디뎠다가 바닷속으로 풍덩 빠졌다. 온몸이 차가운 바닷물에 깊숙이 잠겨 들었다. 그 바람에 화들짝 놀라 깨어났다. 새벽이었다. 일어난 김에 화장실에 갔다 오는데 그 배가 영광87호였다는 생각이 들었다. 그 배 때문에 자신의 인생이 많이 달라졌다고. 문득 깨닫는 느낌이었다. 그는 배를 딱 두 번 탔는데 처음 탄 배가 영광87호였다.

“당시에 조리장이셨고요.”

그는 점점 알 수 없는 마음이 되었다. 대답 대신 류 작가를 뚫어져라 쳐다보았다.

"난민 96명을 구한 의인 중 한 분을 이렇게 뵙게 되어서 영광입니다."

류 작가가 허리를 숙여 공손하게 절을 했다. 이건 또 무슨 소린가. 느닷없이 의인이라니. 그는 헛웃음이 나왔다. 우리나라 사람도 몬 묵고 살아서 난린데 와 저 짐승 같은 것들을 뿌득뿌득 델꼬 와갖고 이 난리야. 델꼬 오지 말라믄 안 델꼬 와야지. 당신들이 믹이살릴 끼가. 당신들은 국가를 배신한 역적이야. 그날 부산항에 정박해서 영광87호에 올라온 광대뼈가 도드라진 기관원은 선원들을 식당에 모아 놓고 호통을 쳤다. 애국자란 소리는 못 들을지언정 역적이라니. 그 말이 얼마나 뼈아팠던가.

"저희 회사가 이번에 창사 50주년이거든요. 30년 전에 보트피플을 구한 민 선장님과 선원들 이야기를 특집으로 꾸미려고요. 그래서 당시 선원 분들을 직접 찾아뵙고 있는 중입니다. 그 당시의 이야기를 좀 듣고 싶어서요."

그녀는 어깨에 멘 묵직한 카키색 백팩을 한 번 추슬러 올렸다.

"그 참, 다 잊어버리고 사는데 뭐 그런 걸… 별로 할 말도 없는데… 사실 기억하고 싶지도 않고…."

그는 문득 성가신 기분이 들었다. 아무렇게나 흐트

러진 모습을 모르는 여성에게 내보인 것도 비로소 신경이 쓰였다.

"쉬시는데 사전 연락도 없이 불쑥 찾아와서 죄송합니다만. 피디님이 주소만 주셔서 전화번호를 알 길이 없더라구요."

류 작가가 고개를 숙였다.

"아마 다른 선원들도 영광87호가 별로 좋은 기억은 아닐 건데요. 특히 선장님은….."

그는 류 작가의 말에는 대꾸도 없이 자기방어를 했다.

"왜요 선생님. 생명을 살리는 일보다 더 가치 있는 일이 어딨습니까. 80년대야 워낙 인권 의식이 부족한 시대여서 다들 그렇게 좋은 일 하시고도 불이익을 당하셨지만, 지금은 세상이 달라졌잖아요."

그는 그 말이 좀 의외라는 듯이 고개를 들어 류 작가를 마주 보았다.

"세월호 때, 승객들 구할 생각은 안 하고, 팬티 바람에 도망치던 이준석 선장이랑 세월호 선원들을 보면서 저는 제일 먼저 민주호 선장님과 스물다섯 명의 선원들을 떠올렸거든요. 민 선장님과 스물다섯 명의 선원 분들이었다면 승객들을 두고 그렇게 도망쳤겠습니까."

　류 작가가 그의 표정을 살폈다.

　"털보 선장 같았으면 택도 없지… 선장님은 잘 계
신가요. 인제 칠순도 훨씬 넘었을 낀데…."

　손목시계를 볼 때마다 유리를 가린 손등의 털을 훅
불고서 시계를 보곤 하던 민 선장이 떠올랐다. 선원
들끼리는 선장을 가리킬 때, 손등을 훅 불고 시계를
보는 흉내를 내곤 했던 기억도 났다.

　"그러니까요 선생님, 잠깐 시간 좀 내주세요. 어디
가서 차라도 한잔하시면서 잠깐만이라도 이야기 좀
들려주시면 안 될까요. 잠깐이면 됩니다."

　선장님 근황에 대한 대답 대신 그녀는 그를 재촉
했다. 그는 류 작가를 잠깐 기다리게 하고는 방 안으
로 급히 들어갔다. 벽에 걸어둔 모직 점퍼와 목도리
를 들고 서둘러 돌아서다가 침대 모서리에 무릎을 세
게 찧었다. 아-씨. 욕지기가 절로 터져 나왔다. 도무
지 익숙해지지 않는 집이었다. 두어 번 깨금발을 뛰어
통증을 가라앉히면서 현관문을 잠갔다. 류 작가는 옆
집 화분에 활짝 핀 양란을 보느라 등을 돌리고 서 있
었다. 사철 한 번도 진 적이 없는 이물스러운 플라스
틱 꽃이었다. 골목을 나설 때마다 확 뽑아버리고 싶
은 충동이 일곤 했었다.

　"이 추운 데서 양란이 다 피었네 했더니 조화네요.

요샌 조화가 더 생화 같아요. 선생님.”

그녀가 다정하게 뒤돌아보았다. 그는 별 의미 없이 고개를 끄덕였다. ‘국가유공자의 집’이라는 플라스틱 명패가 붙은 노인의 미닫이 현관문은 주먹만 한 자물통이 채워져 있었다. 쩍쩍 금이 간 창문 유리에 붙여 둔 테이프 가장자리에 먼지가 새까맣게 끼어 있었다. 딸네 집에 갔다는 노인은 계절이 바뀌어도 돌아오지 않고 있었다. 늘 약간 취한 상태로 비칠대며 골목을 걸어 다니던 노인이었다. 노인의 입가에는 항상 어딘지 민망해하는 듯 권태가 묻어나는 희미한 웃음이 걸려 있었다. 해 질 녘이면, 기운 누더기 같은 다 쓰러져 가는 집 앞에 누군가 내다 버린 의자를 갖다 놓고 앉아, 오가는 사람들을 무심히 바라보곤 했다. 어딘가 이승 저 너머를 바라보는 듯한 공허하고 외로운 눈빛이었다.

류 작가와 나란히 굴다리를 빠져나오며 행여나 굴다리 위로 기차가 지나가 그녀가 또 놀라면 어떡하나 조바심이 났다. 추위에 새파랗게 질린 가로수 길에서 불어오는 바람이 앙칼졌다. 그는 뜨끈한 홍합 국물에 소주 생각이 간절했다. 롯데백화점 뒷길에 포장마차가 서기에는 한참 이른 시각이었다.

“조리장님이 당시에 난민들에게 참 친절하게 잘하

셨다고 들었어요."

류 작가가 그의 곁으로 바짝 붙어서 걸으며 말했다.

"누가 그래요."

그가 멋쩍게 웃었다. 류 작가는 그런 그의 표정을 살피며 따라 웃었다.

"선장님이 그러시던데요."

"그래요? 참, 선장님은 잘 지내시던가요?"

"예, 통영에서 멍게양식장을 하고 계세요. 지난봄에 우리 피디님이랑 갔다 왔는데 멍게 철이라 바쁘시더라고요. 그 바쁜 중에도 피디님 댁이랑 저한테까지 멍게를 한 상자씩 보내시고."

골바람에 목도리를 여미면서도 류 작가의 목소리는 명랑했다.

"인정시러븐 분이지요."

그는 고개를 끄덕였다. 털보 선장이 그렇게 가까운 곳에 살고 있었다는 사실이 믿기지 않았다. 피투성이가 된 채 끌려가던 모습을 본 게 마지막이었다. 난민 구조의 최종결정권자는 선장이었다. 하지만 선원들의 동조가 없었으면 불가능한 일이었다. 그런데도 선장은 모든 책임을 혼자서 떠안았다. 선원들이 선장에 대한 부채감을 느낀 건 바로 그 지점이었다.

태평양에서 참치잡이 만선의 기쁨을 안고 회항하

는 길이었다. 난데없이 인도양 부근에서 보트피플 96명을 구출하게 되었다. 96명의 난민들을 태우고 보름 만에 부산항에 입항했을 때, 제일 먼저 그들을 맞은 건 두 사람의 기관원이었다. 그들은 곧장 갑판 위로 올라왔다. 선장이 어느 새끼야. 둘 중 광대뼈가 유난히 도드라진 기관원이 나섰다. 마흔이 넘은 선장과 나이가 비슷해 보였다. 3항사가 브리지를 가리켰다. 놈이 씩씩거리며 브리지로 올라가 무방비한 선장의 턱에 주먹을 날렸다. 선장이 코피를 흘리며 맥없이 쓰러졌다. 놈의 고함과 구타 소리가 브리지 밖에까지 들렸다. 선장은 얼굴에 흐르는 피를 닦지도 못한 채 하선하여 어디론가 끌려갔다. 선원들 누구에게서도 귀항한 기쁨을 찾아볼 수 없었다. 선장이 끌려가는 것을 지켜보면서도 항의 한마디 못 했다. 모든 책임을 혼자서 지겠다던 선장의 공언이 무색하게 선원들 또한 무사하지 못했다. 말할 때마다 입꼬리가 한쪽으로 15도쯤 올라가는 또 다른 기관원은 선원들을 식당으로 몰았다. 모아 놓고 웃옷을 벗기고 소지품 검사까지 했다. 선실까지 뒤지고 온 놈은 대놓고 반말에 욕설이었다. 이 중에 북한하고 선 닿는 빨갱이 새끼가 하나라도 있으면 그때는 모두 각오해. 조사하면 다 나오니까. 지금부터 저 새끼들한테 강탈한 금반지 한 개라도 있으면 다 내놔. 칠판에 백묵이 긁혀서 나는 듯한 새된 목소리였다. 선원들은 어이없는 표정으로 서로를 바라보았다. 선장은 난민들을 구한 선의를 물질로 보상받을 생각 같은 건 애당초 하지 말라고 당부했었다. 금품을 요구하는 건 물론이고 설사 그들이 사례하겠다고 해도 절대 받아서는 안 된다고 강조했다. 선원들은 선장의 뜻에 따랐다. 그걸 알 턱이 없는 기관원의 세속적인 셈법은 보기 좋게 빗나갔다. 난민들이 선원들에게 감사 인사로 남긴 글과 그림이 그려진 흰 전지 한 장과 구옌 티 쫑이 조리장에게 선물한 목각인형 하나가 나왔을 뿐이었다. 구옌은 목각인형에다 자신의 이름과 출생지를 또렷이 새겨두었다. 금반지 한 개도 찾지 못한 기관원은 흰 전지와 목각인형을 무슨 간첩 암호라도 새겨져 있는 양 이리저리 살피더니 압수해 가버렸다.

선장이 해고되었다는 소식을 들은 것은 완도가 고향인 갑판장 집에 초대되어 갔을 때였다. 블랙리스트에 올라 다른 배도 못 타게 되었다고 했다. 얼마 뒤에는 사모님과 이혼하고 남해의 외딴섬으로 들어가 등대지기가 되었다는 소문을 들은 게 마지막이었다.

"술은 좀 하시나?"

그가 물었다.

"아 예, 선생님, 단골집 있으면 그리로 가세요."

그는 영광도서 근처에 있는 실비주점을 떠올리고 걸음을 재촉했다. 지난 겨울날 발견한 지름길을 이용할 생각이었다. 40년 만에 내린 폭설로 도로가 텅 빈 날이었다. 한파까지 덮쳐서 눈알까지 시렸다. 추울 때는 단 5분을 단축해도 덕 본 기분이 드는 법이다. 롯데호텔 동문 로비에 들어서자 온몸이 훈훈해졌다. 에스컬레이터를 타고 지하로 내려가면 백화점 문화센터 강의실 쪽으로 연결되는 통로가 있었다. 그 통로를 지나 묵중한 출입문을 밀고 나가면 바로 지하분수대가 나왔다. 백화점 지하 출입구 앞에는 명품 가방이며 반짝이는 장신구들로 잔뜩 치장한 여자들이 줄지어 들어가고 있었다. 무언지 모를 생기로 들떠 보였다.

"선생님 데이트하실 때, 한참 걷다 보면 같이 가던 여자가 안 보이죠."

류 작가가 잰걸음으로 따라오며 말했다. 사람들이 정신없이 밀려갔다 밀려오는 혼잡한 지하도 안이었다.

"아이고, 내가 걸음이 빨라갖고. 진짜 그런 적이 있었어요. 젊을 때, 남포동에서 어떤 여자를 만나갖고 데이트 비슷한 걸 하는데, 한참 가다 보니까 여자가 안 보이더라고.”

류 작가가 까르륵 소리 내어 웃었다. 그제야 그는 발걸음을 늦추어 그녀와 보폭을 맞추어 걸었다. 그가 찾아간 곳은 영광도서 맞은편, 두 번째 골목 안에 있는 실비주점 ‘산야’였다. 낡은 문짝을 밀고 안으로 들어가자 낯선 술꾼들 셋이 테이블 하나를 차지하고 앉아 있었다. 대낮부터 박근혜 대통령의 비선실세 이야기에 열을 올리는 중이었다. 마릴린 먼로를 닮은 여주인이 재빨리 다가와 그들을 반겼다. 그는 홀 맨 안쪽에 자리를 잡았다. 류 작가는 노트북이 든 묵직한 배낭을 내려놓고 목도리와 검은색 반코트를 벗었다. 그녀는 한결 홀가분한 마음으로 홀 벽면에 붙은 시화를 훑어보았다.

“시화 액자가 참 정겹네요 선생님.”

“저 시인들이 이 집 단골들이라네예.”

“예에-”

류 작가가 고개를 끄덕였다. 여주인이 대충없이 내온 기본 안주가 푸짐했다. 초장에 찍어 먹는 물미역과 데친 오징어며 김이 무럭무럭 나는 홍합 국물도 나왔다. 그는 자기 몫의 홍합 국물 그릇을 들고 한 모금 쭉 들이켰다. 갯내가 밴 뜨끈한 국물이 빈속을 타고 내려가 속이 뜨듯해졌다.

"이 집이 찌께다시가 푸짐하기로 유명해요."

그의 말이 끝나기가 무섭게 여주인이 주문을 받으러 왔다.

"인자 해장하는 거지예. 식전이면 김밥 좀 말아드리까예. 따님은 아인 거 같고."

류 작가를 보는 여주인의 눈길이 따뜻했다.

"내가 첫사랑에 실패하지만 않았어도 이런 이쁜 딸이 하나쯤 있었을 낀데…."

그가 제 말끝에 얼굴을 붉히며 너털웃음을 웃었다. 류 작가가 눈을 반짝 빛내며 그의 볼이 살짝 붉어지는 것을 놓치지 않았다.

"KBN 류민아 작가랍니다. 서울서 취재하러 왔다네요."

"안녕하세요."

류 작가가 여주인에게 활짝 웃어보였다.

"박 샘이 무슨 좋은 일을 했길래 방송작가님이 다 찾아오고… 작가님이 참 연하고 생강시럽게 생깄네예."

여주인이 덕담을 했다.

"생강이요?"

류 작가가 무슨 말인가 하고 여주인과 그를 번갈아 보았다. 그가 쿡 웃었다.

"아, 작가님 얼굴이 빛난다는 말입니다."

그가 말했다.

"어머나, 고맙습니다."

류 작가의 얼굴이 환해졌다. 여주인은 주문한 소주 두 병과 매취순 한 병, 김밥 두 줄을 부지런히 날라다 놓고 주방으로 돌아갔다. 류 작가가 얼른 그에게 첫 잔을 따랐다.

"영광87호 의인에게 드리는 술입니다."

"아이고 의인은 무슨. 가당찮게."

그가 민망한 표정을 지으며 류 작가의 잔을 살짝 부딪쳤다.

"어쨌거나 그 많은 사람을 구했으니까 좋은 일 한 건 맞는데, 아주 대역죄인 취급을 받았거든요. 매국노라 하더라고. 그기 좀 억울한 건 있지요. 사실 우리야 의인이랄 거도 없는 기, 배에서 선장의 명령은 법이나 마찬가지고 우리는 그저 선장이 구조하자 해서 그 결정을 따랐을 뿐이거든."

그는 소주 한 잔을 달게 마셨다.

"선원들이 음식도 나눠 먹고 잠자리도 내주고 선장님에게 협조하지 않았다면 보름 동안이나 어떻게 함께 생활했겠어요."

"그래도 선장님 혼자 책임을 다 덮어쓰고 그리 고

초를 겪으신 걸 생각하면 마음이 아프지요."

피투성이가 된 채 끌려가던 선장의 뒷모습이 그가 본 마지막이었다. 그새 30년이 흘렀다는 사실이 믿기지 않았다.

"80년대 군사정권 아래에서는 죄인 취급을 했지만 2010년에는 난민을 구조한 공으로 국회 인권상을 받으셨거든요."

"그래요?"

그는 믿기지 않는다는 듯이 눈을 크게 떴다.

"선생님들의 배에 구조된 응웨이 누엔이라는 분 기억나세요?"

"응웨이 누엔?

"영어를 잘해서 선원들과 난민 사이에 소통하는 역할을 했다던데요."

"아, 맞아요. 영어 잘하고… 누엔 누엔 하고 불렀던 기억이 나네요. 품속에서 자기 아내 사진을 꺼내 나한테 보여주면서 울더라고. 아오자이 입고 자전거 타는 사진인데 눈이 건거츠럼한 기 아주 미인이더라고. 함께 못 오고 베트남에 남았다고. 아내가 임신 중이라던가 그랬어요. 난민 중에 임산부가 한 사람 있었거든요. 선원들도 그 임산부를 되게 챙겼는데. 그 사람도 아내 생각이 나서 그런지 임산부에게 유독 잘하더라고."

옛 기억을 더듬는 그의 눈빛이 아련해졌다.

"바로 그분이 LA에 정착해서 아내랑 자녀들을 초청해서 살았거든요. 그 17년 동안 백방으로 민 선장님을 찾아 헤맸대요. 마침내 소식을 알게 되어 2년 뒤인 19년 만에 민 선장님을 LA로 초청을 했거든요. LA 베트남 커뮤니티에서 먼저 알고 민 선장님과 응웨이 누엔의 사연을 보도했고, 그 이야기를 이호철 피디님이 다큐로 만들어서 방송을 탔고요. 그게 2009년 가을이었는데 반응이 폭발적이었죠."

류 작가가 가방 속에서 책을 한 권 꺼냈다.

"이건 그 응웨이 누엔이란 분이 쓴 수기예요. 지금은 미국 이름 폴 누엔이라고 쓰고 있어요. 민 선장님과 19년 만에 만난 이야기를 썼는데 이건 뭐 거의 영화 수준이에요."

그는 류 작가가 건네주는 책 제목을 보았다. 『슬픈 인연』이었다. 350페이지나 되는 폴 누엔의 수기가 묵직했다. 작가의 말을 읽어보았다. LA 공항에서 은인과 헤어지던 순간을 '지금까지 입 밖으로 내뱉어본 적 없는 가장 슬픈 작별 인사'라고 표현하고 있었다. 은인과 함께 보낸 지난 보름 동안은 '지상에서 가장 아름다운 시간'이었다고도 했다. 영광87호에 구조되

어 부산항까지, 함께 선상에서 보낸 시간이 공교롭게
도 보름 동안이었다. 폴 누엔은 이 시간의 겹침에도
남다른 의미를 부여하고 있었다. 영광87호에서 보낸
보름간이 '은혜의 시간'이라면 LA에 민 선장을 초청
해서 함께 보낸 시간은 '보은의 시간'이라고 했다. 폴
누엔이 주관한 민 선장을 위한 환영회는 LA 리틀 사
이공의 리전트 웨스트 식당에서 열렸다. 사람들은 민
선장을 영웅이라고 불렀다. 민 선장은 답사에서 '저
는 영웅이 아닙니다. 태풍이 오는 줄도 모르고, 그날
밤, 일엽편주에 몸을 실은 저들의 처참한 모습을 본
사람이라면 누구라도 저처럼 행동했을 것입니다. 동
물이 위험에 처해 있어도 손을 내밀어 주는 게 인간
입니다. 하물며 그들은 우리와 똑같은 사람이었습니
다'라고 말했다.

그는 가만히 고개를 끄덕였다. 민 선장이라면 능히
그렇게 말했을 위인이란 생각이 들었다.

"전혀 모르고 계셨던 거예요?"

"예. 작가님 아니었으면…."

"우와 완전."

류 작가가 놀란 입을 다물지 못했다.

"가족이나 친지들 중에서 누군가 선생님께 전해줄
수도 있었을 텐데요."

"가족들이야 내가 배 탄 걸 알지만 남들한테는 배 탔단 이야기를 일절 안 꺼내니까 알 턱이 없지요."

그는 힘없이 웃어 보였다.

"예에, 그럴 수 있겠네요."

류 작가가 그의 말뜻을 알아차리고 고개를 끄덕였다.

"선장님이 그렇게 보은을 받았다니까 다행이네요. 야, 내가 다 빚 갚은 느낌이 드는데요 진짜."

그는 소주를 기분 좋게 입안으로 털어 넣었다. 목젖을 저릿하게 찌르며 내려가는 술 때문이었을까. 이미 오래전에 마음의 옹슬방에 밀어 넣어 버린 한 여자의 모습이 떠올랐다. This isn't a dream, is it? I never forget you before I die. Never ever forever. 그의 품에 와락 안겨들던 그녀의 목소리가 거짓말처럼 되살아났다. 민 선장이 한없이 부러웠다. 민 선장을 17년 동안이나 찾아 헤맸다는 폴 누엔의 수기 서문을 읽으면서 그는 순간순간 구엔 티 쫑을 떠올렸다. 그녀가 어디서 무엇을 하며 살고 있는지. 그리움은 세월이 가도 늙지 않는 것일까. 하선한 뒤 크리스마스 때였다. 난민들과 비교적 가깝게 지낸 몇 명의 선원들이 수영구에 있는 난민수용소로 찾아갔었다. 주무 담당관은 선원들을 식당으로 안내했다. 곧 난민들이 그들에게로 왔다. 준비해 간 간식을 먹으며 담소하는 동안 그의 시선은 그녀를 쫓고 있었다. 그녀가 곧 그의 옆자리로 옮겨 와 앉았다. 그의 심장이 마구 뛰었다. It's Christmas present! 그녀가 무언가를 불쑥 내밀었다. 직접 깎은 목각인형과 카드였다. 그는 빼앗긴 목각인형을 떠올리며 Thank you! Is this my face? 하고 반겼다. 그녀는 얼굴을 붉히며 고개를 끄덕였다. 그는 미대생인 그녀를 위해 전날 화방에 가서 사 온 대학노트 크기의 스케치북과 24색의 문교 파스텔을 선물했다. 그녀의 얼굴이 백열등처럼 환해졌다. 그것이 그들의 마지막이 될 줄 그때는 미처 알지 못했다. 그 후로도 몇 번 더 면회를 갔지만 그때마다 무슨 이유에선지 번번이 거절당했기 때문이었다. 왜 면회를 시켜주지 않는지. 그것이 그녀의 뜻인지. 도무지 알 수 없었다. 어떻게 하면 그녀에게 자신의 마음을 전할 수 있을까. 고민 끝에 난민수용소 주소를 알아내어 편지를 해보았지만 별 소용이 없었다. 편지가 그녀에게 전해지기는 하는지조차 알 수 없었다. 그는 자신도 제어할 수 없는 어떤 열기에 들떠서 메아리 없는 편지를 끈질기게 보냈다. 하지만 그뿐. 목각인형에 새겨진 구옌 티 쫑이라는 이름과 Ho Chi Minh이라는 지명은 그의 일기장에 끈질긴 낙서로,

오랜 통증으로 남았다. 다음 해 봄, 그는 다시는 배를 타지 않겠다는 결심을 꺾고 또다시 먼바다로 나갔다. 바다에 떠 있으면서도 그는 오랫동안 그녀에게 가닿지 못할 편지를 썼다. 그녀도 어디선가 자신을 궁금해하긴 했을까. 죽기 전에는 잊지 않을 거라던 말조차 까맣게 잊어버린 건 아닐까.

"설사로 탈진한 난민들에게 쌀을 갈아서 흰죽을 끓여주기도 했다고요. 선장님 말씀이 아마 조리장님께 고맙게 생각하는 난민들이 꽤 있었을 거라고 하더라고요. 혹시 폴 누엔이 선장님을 찾아온 것처럼 조리장님을 찾을 것 같은 사람이 있다면 누굴까요?"

호기심이 가득한 얼굴로 류 작가가 물었다. 그는 빈 잔에 술을 따르면서 너털웃음을 웃었다.

"어디선가 잘 살고 있으면 된 거죠 뭐. 잠깐 담배 한 대 피고 올게요."

그는 기찻길 같은 길고 좁은 실내를 빠져나왔다. 출입문을 밀고 밖으로 나가자 찬 바람이 와락 달려들었다. 출입문 앞에 놓인 모래를 담은 큰 항아리에는 담배꽁초가 수북이 쌓여 있었다. 그는 호주머니에서 담배를 꺼내 입에 물었다. 진작부터 담배가 간절했었다. 담배에 불을 붙이고 성냥개비를 항아리에 던지려는데 문득 화약 냄새가 났다. 피로했다. 불편한 집이지만 돌아가서 이불 속에 몸을 묻고 싶었다. 그는 실내로 돌아왔다. 류 작가는 수첩에 무언가를 메모하고 있다가 그가 자리에 앉자마자 물었다.

"근데 어떻게 조리장으로 가시게 된 거예요? 조리사 자격증 같은 게 있었나요?"

"에이 무슨 자격증. 조리사 자격증씩이나 있는 사람이 참치잡이 배를 왜 타겠어요. 군대 취사병 시절 경험 갖고 했지요."

류 작가는 의외의 대답에 쿡쿡 웃었다.

"배에서는 맛있게만 만들면 되는 거죠?"

"맛은 무슨… 재료 자체가 전부 냉동인데 무슨 맛이 있겠어요. 김치도 냉동, 파 마늘도 냉동, 아이고 그놈의 냉동식품들. 아무리 요리를 잘 해봐야 재료가 그러니 맛은 기대할 게 없지요. 파도가 심하면 밥도 죽밥이 됐다 꼬두밥이 됐다 그러는데요, 뭐."

"그건 왜요?"

"파도 때문에 배가 일렁일렁거리니까 도무지 물을 맞출 수가 있어야지요."

"어머나, 진짜 그렇겠네요."

무슨 새로운 발견이나 한 듯이 류 작가가 반색을 했다.

"조진국이라고 간부 선원인데, 죽밥을 만들었다고

숟가락으로 사람을 툭툭 치면서 이게 무슨 환자식이냐고 비아냥거려. 음식이 조금만 제 입에 안 맞으면 숟가락으로 탁자를 툭툭 치면서 이걸 사람 먹으라고 만들었냐고 씨팔 조팔 예사로 욕하고. 진짜 패주고 싶은 놈이었어. 난민 구출할 때도 조진국이가 제일 반대했지. 자기는 이번 배 들어가면 다음에 선장 되어서 나갈 건데 문제 생기면 안 되니까 얼마나 몸을 사리는지. 지금 어떻게 사는지 제일 궁금해."

"그분이 기관장이었죠? 얼마 전에 부인이랑 통화를 했는데 몇 년 전에 사고로 돌아가셨대요."

"저런, 성질깨나 있어서 잘 살고 있을 거라 생각했는데 안됐네요…."

"근데 어떻게 배를 타게 되셨어요?"

"정말 아무것도 모르니까 탔지 알았으면 안 탔지요. 막 결혼한 사촌 형이 전세방 구할 돈을 벌려고 배를 타러 산다길래 나두 따라 탄 거지요 뭐. 배가 오륙도쯤 지나가는데 아차 이거 내가 뭔가 오판했다. 바로 알겠더라고요. 선원들이 배에 오르기 전과 오르고 난 뒤가 달라. 완전 딴 사람이더라고. 거칠고 이건 말끝마다 욕이야. 그래도 어떡해요. 이미 배는 육지를 떠났고 바닷속으로 뛰어들지 않는 다음에야 나갈 수밖에."

"선장님은 어떠셨어요?"

"선장이 선원들에게 존경받기는 하늘에 별 따기지요. 언제 어디서 어떤 사고가 날지 알 수 없는 곳이 바다 위거든요. 아차 하는 순간에 목숨이 왔다 갔다 하는 데니까 항상 긴장해야 돼서 간부 선원들이 악역을 맡을 수밖에 없어요. 다급하다 보니 주먹이 먼저 나가고 욕설이 난무하는 게 일상이고. 털보 선장도 선원들한테는 엄격했지. 19세부터 23, 24세 사이의 초짜배이들을 데리고 조업하느라 선장이 진짜 애 마이 먹었지. 그래도 우리 선장은 참 양반인 택이라. 이유 없이 때리거나 욕하는 걸 못 봤으니까. 다른 배 선장 같았으면 얼반 죽인다더라고. 당시만 해도 배에서 선장은 제왕이야. 어떤 선장은 밥도 선장 방으로 갖다줘야 먹는다던데 우리 털보 선장은 항상 본인이 직접 식당에 와서 얼른 먹고 갔거든요. 반찬도 다른 선원들하고 똑같이 하면 된다고, 신경 쓸 거 없다고 하고. 된장찌개를 제일 좋아하셨어요. 참치 낚을 때, 미끼로 쓰는 고등어구이 같은 것도 되게 좋아하고. 혹시 선장 밥상은 특별한 거 뭐 있나 싶어 기웃거리는 선원도 있었지만 별다른 게 없었으니까. 권위의식이 없는 사람이었다 할까. 좀 내성적이고 어찌 보면 우수에 찬 느낌도 있고 그랬어요."

"조리장님은 선장님에 대한 기억이 참 좋게 남아 있네요. 근데 선원들 중에는 전혀 반대의 경우도 있던데요? 며칠 전에 인터뷰한 갑판원 양기호 씨는 선장을 꿈에도 보고 싶지 않다고 하더라구요. 영광87호에 탔던 당시를 마치 지옥에서 보낸 한 철쯤으로 기억하던데요? 조리장님 말씀을 들으니까 왜 그렇게 말했는지 조금은 이해가 되네요."

"아, 양기호. 잘 알지요. 사고도 많이 치고…. 하도 시끄러워서 별명이 양철이었다고. 식당에 와서 얼마나 하소연을 하던지. 참치를 잡아 올릴 때, 하대라고 참치를 찍어 올리는 기구가 있어요. 하대로 참치 눈이나 대가리를 딱 찍어 올려야 상품이 되거든요. 초짜다 보니 일은 서툴지 또 바쁘게 일을 하다 보면 실수로 참치 옆구리나 배 부위를 찍기도 한다고. 그러면 1항사가 브리지에서 통제를 하다가 바로 날라 내려와서 귓싸대기를 날린다고. 손바닥이 철판 같아. 얼마나 아팠겠어요. 거기에 앙심을 품고 1항사가 잠들기를 기다려서 뒷목을 졸라 죽인다고 하다 선장한테 딱 걸려 뒤지게 혼났지. 고기 잡을 때 줄 던지고 빠찌 사리고 할 때도, 감는 게 서툴다고 갑판장이 발로 차고 때리고. 참는 것도 한계가 있지. 하도 아프니까 참다 참다 양철이가 이번에는 갑판장 개새끼 죽인

다고 칼 들고 덤벼들었다가 또 선장한테 제압을 당했
지. 선장이 선창에 이틀 동안이나 가두어버렸다고 그
래 놓으니까. 씨발씨발해가면서, 뱃속맞는 놈들 몇이
모아가 배를 뺏아 가버리자고 모의까지 했다대요. 배
내리면 선장, 1항사, 갑판장, 이 간부들은 지가 다 줘
이삐고 지도 죽어삘 기라고 했는데…."

그가 처음으로 클클 소리 내어 웃었다.

"예, 그때 이후로 양기호 씨가 배라면 유람선도 안
타고 뱃놈이라면 처삼촌 옆에도 안 간다고 하더라구
요. 자기는 차라리 군대를 다시 가라면 가겠는데 배
를 다시 타라면 절대로 못 탄다고…. 다른 사람들은
다시 영장 나오는 꿈 꾸면 하루 종일 기분 잡친다던
데 양기호 씨는 또 참치 배 타러 가는 꿈 꾸면 그날은
바다 쪽으로 오줌도 안 눈다고 아주 고개를 절래절래
흔들더라구요."

"하긴 양철이 그때 나이가 열아홉 살밖에 안 됐으
니까 생고생을 했지요. 말은 그렇게 해도 난민 애들
한테는 또 그렇게 잘했어요. 아가 좀 거칠어서 그렇
지 인정은 있는 놈이었거든."

류 작가가 고개를 끄덕였다.

그가 문득 클레멘타인의 한 소절을 베트남어로 나
지막하게 불렀다. 윤 작가의 눈이 반짝 빛났다.

"혹시 그 베트남어 클레멘타인, 난민 여성에게서 배운 거 아닌가요?"

"야, 작가님 예리하네요. 이게 아직도 기억이 나다니… 다 잊은 줄 알았는데…."

"선장님 말씀이, 조리장님이 유일하게 난민 여성들이랑 접촉이 있었다던데요. 난민 여성들 중에 서너 명씩 식당에 가서 요리도 하고 설거지도 돕고 그랬다고."

류 작가가 그의 눈치를 유심히 살폈다.

그가 술잔을 입으로 가져가다 멈칫했다. 그는 김밥을 안주 삼아 술을 조금씩 마셨다.

"선장님이 그래요?"

"예. 혹시 무슨 썸씽 같은 건 없었는가 여쭸더니."

류 작가가 소리 내어 웃었다. 그도 어지간히 경계가 풀린 듯이 따라 웃었다.

"시커먼 미스마들만 있는 배에서 여자라곤 구경도 못 하다가 여자들이 왔다 갔다 하니까 마음이 좀 이상하긴 했지요. 막 제대하자마자 배를 탔으니까 한참 피 끓을 때지요. 처음 구조했을 때는 남녀 할 것 없이 형편없었어요. 바다에서 일주일 동안이나 표류하면서 못 먹고 못 씻고. 이건 완전 노숙자라고 보면 돼. 그러니 여자로 보이겠어요. 그런데 구조돼갖고 씻고 우리가 준 새 옷으로 갈아입고 나오는데 이쁘데요. 베트남 여성들이 피부가 좀 검어서 그렇지 하체가 길고 비율이 좋아요.”

“우와.”

류 작가가 탄성을 질렀다.

“그중에 심하게 탈수가 되어서 꼬박 3일을 흰죽을 끓여준 구엔 티 쫑이란 여성이 있었는데. 어찌나 고마워하던지. 식당일도 도와주러 오고 그랬거든요. 자꾸 보니까 정이 들었어요. 배에서 보름이면요. 그기 결코 짧은 시간이 아니거든요. 부산항에 하선하고 크리스마스가 다가왔는데, 우리 선원들 몇이 모여서 수영난민수용소로 찾아갔었어요. 위문공연 택이었지요. 그때, 구엔이 나한테 목각인형을 하나 주는데 내 두상을 깎은 거야. 참 잘 깎았더라고요. 그 며칠 뒤에 두 번째 면회를 갔는데 개인적인 면회는 안 된다는 거야.”

“왜요?”

“나도 모르지. 그 뒤로도 두어 번 더 갔는데 번번이 헛방이었어. 그게 끝이었지 뭐.”

그가 희미하게 웃었다.

“혹시 구엔 씨에게 연애감정을?”

류 작가가 장난스럽게 웃었다.

"너무 오래돼서 인제 얼굴도 기억 안 나는데요, 뭘."

그의 얼굴에 한순간 쓸쓸한 그림자가 드리워졌다.

"선생님, 근처에 가서 식사라도 하시는 게 어떨까요? 말을 많이 하셔서 배고프실 것 같은데요."

"시간이 그렇게 됐어요? 밥이라면 내가 사드리고 싶은데 어제 술을 좀 많이 마셨더니 피곤하네…."

"제가 미처 헤아리지를 못했네요 선생님. 그럼 남은 이야기는 다음에 또 들려주실 거죠."

"뭐 남은 이야기가 있나?"

그는 멋쩍게 웃어 보였다.

"사실은 오늘 기대 이상이에요. 못 뵐지도 모른다고 생각했는데 이렇게 뵀죠. 다른 선원분들에게서는 듣지 못한 이야기도 많이 들었죠. 정말 고맙습니다. 다음에 혹시 여쭤볼 일이 생기면 전화드려도 되겠습니까? 참, 아직 선생님 전화번호를 저장하지 못했네요."

류 작가가 핸드폰을 꺼냈다. 그는 흔쾌히 전화번호를 불러주었다. 류 작가는 그의 전화번호를 저장하고 산야를 나왔다. 두 사람은 영광도서 앞에서 헤어졌다.

집으로 가는 길에 그는 온몸이 으슬으슬하는 것을 느꼈다. 몸살기운이었다. 류 작가와 헤어져, 왔던 길을 다시 되짚어 집으로 가는 길이 어쩐지 멀기만 했다. 그는 나지막이 옛노래를 흥얼거렸다. 그것은 구엔에게 배운 베트남어 클레멘타인이었다. 구엔의 얼굴이 부윰하게 떠올랐다. 다시는 바다로 나가는 일은 없을 거라고 했던 자신의 결심이 틀린 것일지도 모른다는 생각이 들었다.

여왕의 향기

여왕의 향기

"여왕이 사는 월성으로 간밤에 큰 별 하나가 떨어졌다."

소문은 궁궐 안팎으로 삽시간에 퍼져 나갔다. 월성 해자에 지난여름 활짝 피었던 가시연꽃이 지고 얼음이 꽝꽝 언 정월 초닷새 밤이었다. 낭산 밑에 사는 기와 장인이 땔감 할 말똥을 가지러 나갔다 보았는가 하면 분황사 공양주 보살은 한밤중에 오줌을 누러 나갔다가 보았다 했다. 별이 묵은 장독만 하더라고도 하고 너럭바위만큼 크더라고도 했다. 여왕 폐위를 내세운 비담과 염종의 반란 와중이었다. 월성 동쪽편 명활산성에 반란군이 주둔하면서 월성을 치고 들어올 태세를 갖추고 있다 했다. 여왕은 왕군과 반군의 동향을 보고받았다. 반란보다 공포가 먼저 와서 여왕은 며칠째 궁궐 밖을 나가지 못했다.

그날 아침, 궁으로 든 내전 사신은 간밤에 여왕의

처소로 큰 별이 떨어졌다는 소문을 전했다. 보고를 들은 여왕의 낯빛이 하얗게 질렸다.

여왕은 내전 사신에게 일관인 법성을 불러오라고 말했다. 일관은 첨성대에 올라 하늘의 해와 달과 별의 움직임을 보고 세상의 길흉화복을 점치는 관리였다. 한때 승려였던 법성은 첨성대가 있는 비둣골에서 노모와 단둘이 살고 있었다. 천문관측 결과를 내전 사신에게 보고하는 게 일과였으므로 큰 변고가 아니면 여왕을 대면할 일은 없었다. 여왕이 소문을 듣고 얼마나 상심했으면 자신을 직접 불렀을까 생각하자 가슴에 맷돌을 얹어놓은 듯 마음이 무거웠다.

가난하고 못 배운 백성들, 어린아이들과 노인들을 먼저 보살피고 홀어미와 홀아비들에게도 땔감이며 양식을 나누어 주며 돌본 어진 여왕이었다. 그런 여왕을 법성의 노모는 솔거가 그린 분황사 관음보살상 벽화를 꼭 닮았다고 입버릇처럼 말했다. 법성은 노모와는 달리 남산 감실석불좌상이야말로 불심 깊은 여왕을 닮았다고 생각했다.

하늘을 아는 것이 곧 세상의 이치를 아는 것과 다름없다고 하던 시절이었다.

선왕인 진평왕이 서거하였을 때도 월성의 우물에 흰 무지개가 덮이고 밤하늘 토성이 달을 범하는 변고가 있었다.

여왕은 내전에 든 법성에게 간밤의 소문이 사실인지 듣기를 청했다.

"여왕 폐하, 간밤에 큰 별이 떨어진 건 사실이옵니다. 소인이 첨성대에 오른 지 두어 시간 지난 자시쯤이었는데 명활산성이 있는 동쪽에서 월성 쪽으로 떨어졌사옵니다. 지난가을에도 사흘 내내 별이 비 오듯이 떨어지지 않았겠습니까. 폐하께서 크게 상심하셨지만 우려할 만한 일은 일어나지 않았사옵니다. 그러니 여왕 폐하, 너무 괘념치 마시옵소서. 다만 반란군들이 별이 떨어진 걸 폐하의 안위에 빗대어 소문을 악용할까 그것이 걱정이옵니다."

자신을 위로하려는 법성의 뜻이야 가상하지만 어쩐지 하나 마나 한 말 같아 맥이 빠지는 기분이었다.

"왜 아니겠는가. 큰 별이 짐의 처소로 떨어졌다는 소문이 났으니 저들은 승기를 잡을 천우신조의 기회다 싶어서 기세등등하지 않겠는가."

여왕은 애써 담담하게 말했다. 법성은 여왕에게서 오랜 세월 나라를 다스려온 사람이 지닐 법한 단단한 평정심을 느꼈다.

"여왕 폐하, 별이 명활산성 쪽에서 월성으로 떨어졌으니 그것은 명활산성에 주둔한 비담이 폐하가 계신 월성으로 붙잡혀 들어올 모양새가 아니겠습니까. 부디 폐하께서는 은결들지 않으시기를 바라옵나이다."

법성은 바닥으로 숙이고 있던 머리를 잠깐 들어 여왕을 일별했다. 여왕은 고개를 끄덕여 보였지만 여전히 불안한 표정을 풀지 못했다.

첨성대에 행차한 여왕을 보기 위해 서라벌 사람들이 구름처럼 몰려들었던 어느 봄날이 떠올라 법성은 가만히 한숨지었다. 여왕이 걸을 때마다 머리에 쓴 금관에 매달려 달랑거리던 곡옥과 황금 달개가 햇빛에 반짝거렸다. 예닐곱 살쯤 되어 보이는 천진한 아이 하나가 신하들의 제지에도 멋모르고 여왕에게 달려들었다. 여왕은 아이를 향해 두 손을 자루 주머니처럼 벌리고 환하게 웃으며 몸을 낮추었다. 여왕이 재빨리 내전 신하에게 눈짓을 하자 그는 궁에서 가져온 그림책을 아이에게 선물로 주었다. 아이들은 먹는 걸로는 채워지지 않는 허기를 책으로 가르쳐야 한다는 여왕이었다.

"여왕 폐하, 이럴 때는 가까운 내제석궁에라도 행차하시어 향불을 사르어 올리심이 좋을 듯하옵니다. 향불 향기가 성문 밖으로 퍼져나가면 서라벌 사람들은 그것이 여왕 폐하의 향기인 것을 알아차리고 폐하를 위해 합장하고 기도할 것이옵니다."

내제석궁은 궁궐 안에 있는 오래된 절이었다. 여왕
은 자장이 거처하는 분황사를 떠올렸지만 성문 밖을
나갈 수 없는 상황이었다.

"그리하겠네."

여왕이 짧게 대답했다. 여왕은 보자기에 싼 연잎 차
를 법성의 노모에게 전해드리라 이르고 서둘러 지밀
로 들었다.

그즈음 여왕은 간헐적인 두통에 시달리고 있었다.
대바늘로 머리 밑을 찌르는 듯한 지독한 통증이었다.
내전 시녀 연화가 이마에 맬 흰 무명 끈을 인두로 빳
빳이 다려 건네 드렸지만, 여왕은 손을 내저었다. 연
화는 여왕과는 먼 친척뻘이 되는 처녀였다. 입이 별로
없어 조용한데다 조신했다. 언제나 여왕을 잘 살폈
다. 연화는 여왕의 탕약이 침상 협탁에 놓인 채 싸늘
하게 식어가는 것을 보며 마음을 졸였다.

유신이 이끄는 왕군은 야전 훈련이며 기마 훈련 등
으로 단련된 군대였다. 전쟁터를 누빈 관록 또한 막
강했다. 반군의 저항도 만만찮았다. 양 진영이 날카
롭게 대치했다. 월성의 동문 앞까지 진입했던 반군이
왕군의 방어벽에 막혀 일시 후퇴했다.

선왕인 진평왕 말년에도 모반이 있었다. 아들이 없
는 왕이 성골인 딸 덕만공주를 후계로 삼자 칠숙과

석품이 반란을 모의했다. 여자가 왕위에 오른 사례가 없으므로 공주가 후계를 잇는다는 것은 있을 수 없는 일이라 했다. 덕만은 성품이 너그럽고 어질었으며 총명하고 민첩했다. 통찰력 또한 남달랐다. 중국 사신이 보낸 모란꽃 그림에 벌과 나비가 그려져 있지 않은 것을 보고 단박에 이 꽃은 향기가 없을 것이라고 했다. 꽃이 향기가 있으면 벌과 나비가 날아드는 법인데 그렇지 않으니까 향기가 없을 거라고 본 것이었다. 덕만은 자라면서 점점 용과 봉황의 자태를 갖추어 왕이 되기에 손색이 없었다. 그런 덕만을 단지 여자라는 이유로 왕위 계승에 반대하여 칠숙과 석품이 모반을 도모했지만, 사전에 발각되고 말았다. 왕은 반역자를 극형인 기시형으로 다스렸다. 기시형이란, 목을 벤 죄인을 시장 바닥에 버려두어 오가는 사람들에게 수모를 당하게 하는 극형이었다.

진평왕이 서거하자 덕만은 국인들의 추대를 받아 왕위에 올랐다.

신라 제27대 왕이요, 역사 이래 최초의 여왕이었다.

비담과 염종의 반란도 여자 군주는 정치를 잘할 수 없다는 '여주불능선리'가 명분이었다. 비담이 그 잔인했던 반란 실패의 말로를 모를 리 없었다. 명활산성에 집결하여 주둔한 지 일주일이 지나도록 승기가 나지 않자 비담은 초조했다.

그때 월성으로 큰 별이 떨어졌다고 한 것이었다.

비담은 마치 하늘의 계시나 받은 듯 기고만장하여 병사들 앞에 썩 나아가 외쳤다.

"별이 떨어진 곳에는 반드시 유혈이 있는 법이다. 이는 필시 여주가 패망할 징조가 아니더냐. 이제 하늘도 우리 편이거늘 제군들은 한 사람도 빠짐없이 나를 따라 곧장 월성으로 진군하라."

비담의 선동에 반군의 사기가 하늘을 찔렀다. 그는 여세를 몰아 다시 월성 문 앞까지 쳐들어갔다. 지축을 울리는 환호 소리가 여왕의 처소까지 들렸다. 보병과 기병이 날린 돌과 화살이 닫힌 월성 문 앞으로 비 오듯이 쏟아졌다.

비담은 화백회의 수장이자 왕 바로 다음 직위인 상대등이었다. 그는 후사가 없는 여왕이 사촌인 승만 공주를 후계로 내정한 걸 알고 반발했다. 비담은 자신이 왕이 되고 싶은 욕망을 숨기고 여왕이 불사에 지나치게 나랏돈을 낭비하고 군사적으로도 실정을 거듭하여 민심이 흉흉해졌다고 비난했다. 비담과 뜻을 같이하는 조정의 주요 대신들 30여 명이 반란에 가담했다. 여왕이 비담을 상대등에 임명한 지 불과 2개월밖에 지나지 않은 때였다. 여왕은 큰 충격에 빠졌다. 앞에서는 신라와 백성들을 걱정하는 척하던 대신들이 뒤에서는 여왕 폐위를 도모하였다니. 그들의 위선에 손이 벌벌 떨렸다.

여왕은 삼국이 통일하여 전쟁이 없고 남녀가 평등한 불국토를 꿈꾸었다. 남편도 자식도 없이 오직 신라의 백성을 남편처럼 섬기고 자식처럼 아꼈다. 외로움 따위는 문제도 아니었다. 외로움도 사리사욕도 없이 오직 신라만을 바라보며 보낸 날들의 끝에 기다리고 있는 것이 반란이었다니.

벼랑 끝에 선 기분이었다.

두통이 조금 잦아들자 여왕은 내전 사신을 불러 가마를 준비하라 일렀다. 굳이 법성의 조언이 아니었더라도 마음은 법당을 향하고 있었다. 연화가, 회랑을 걸어 나가는 여왕의 창황한 발걸음을 지켜보며 수심이 가득한 얼굴로 뒤따랐다.

내제석궁으로 가는 길에 여왕이 잠시 가마를 세웠다. 동쪽 토성 밑 해자 앞에 주둔해 있는 유신의 군사들이 분주하게 움직이는 모습이 내려다보였다. 거기 어디쯤 유신이 있을 것이었다. 유신은 알천, 춘추와 함께 숱한 전쟁의 위기 속에서 신라와 여왕을 지킨 대장군이었다.

얼음이 언 해자는 은색 빙판이었다. 빙판에서 겨우

내 썰매를 타고 놀던 아이들은 하나도 보이지 않았다. 해자는 적군이 토성으로 기어오르지 못하게 할 목적으로 땅을 파서 만든 물웅덩이였는데 아이들이야 그런 사실을 알 턱이 없었다. 내란 중이라 집 안에 붙들려 있을 아이들도 답답할 터였다. 여름날이면 어른 키를 훌쩍 넘는 큰 가시연꽃이 해자를 가득 채우곤 했다. 신라 사람들은 진흙탕 속에서 한 방울의 흙탕물도 묻히지 않고 깨끗하게 피어나는 연꽃을 사랑했다. 연꽃은 신라의 꽃이었고 불법의 꽃이었다. 기와며 절집 문살, 부처님의 좌대까지 온통 연꽃 문양으로 가득했다. 지난여름 가시연꽃이 만발한 해자 옆길을 산책하며 깔깔거리던 내전 시녀들의 웃음소리가 들리는 듯했다.

"올여름에도 해자에는 가시연꽃이 피겠지. 나는 이제 다시는 그 아름다운 연꽃을 보지 못할 것이야."

여왕의 목소리는 낮고 쓸쓸했다. 연화는 가슴이 철렁 내려앉았다. 처음 내전 시녀로 궁에 들어와 여왕을 모신 지 4년이었다. 목소리만 들어도 여왕의 마음이 어떨지 짐작하고도 남았다.

내전 시녀 하나가 멀리 황룡사 9층 목탑을 보고 두 손을 모아 절을 했다. 서라벌 땅 어디서든 고개만 들면 보이는 대탑이었다. 신라 사람들은 길을 가다가도 대탑이 보이면 멈추어 서서 합장을 하고 마음을 모았다. 여왕 일행도 대탑을 향해 두 손을 모았다.

여왕의 시대는 한숨 돌리나 싶으면 전쟁이 일어났다. 특히 이웃한 백제와 고구려의 잦은 침략으로 한시도 맘 편한 날이 없었다. 전쟁터에 직접 나갈 수 없는 여왕이었지만 예지력과 지혜로 군사들을 다스렸다.

637년 재위 5년의 일이었다.

영묘사 옥문지에서 한겨울인데도 난데없이 숱한 개구리 떼가 나타나 사흘 밤낮을 목청껏 울어댔다. 여왕이 변고를 보고받고, 알천과 필탄을 급히 불렀다. 서쪽 교외로 가면 여근곡이 있는데 거기에 백제군이 매복하고 있을 테니 가서 붙잡으라고 명령했다. 두 장군이 각각 군사들을 대거 대동하고 가 보았더니 과연 백제군들이 새까맣게 숨어 있어서 모두 붙잡을 수 있었다.

신하들은 여왕에게 어떻게 보지도 않고 그런 엄청난 사실을 알았는지 궁금하여 여쭈었다.

"개구리 떼가 목청껏 우는 화난 모습은 병사의 모습이요, 옥문은 여자의 성기인 여근이 아니겠는가. 여자는 음이고 그 빛이 백색이니 백색은 서쪽을 뜻하느니라. 그래서 군사가 서쪽에 있다는 것을 알았고, 남

근이 여근에 들어가면 죽는 것이 섭리인지라 적군을
쉽게 잡을 것이라 생각했느니라.”

설명을 들은 신하들은 여자가 아니면 생각해 낼 수
없을 여왕의 특별한 기지에 탄복하여 오래오래 이야
깃거리로 삼았다.

그런 여왕에게도 전쟁으로 인한 위기가 매번 찾아
왔다. 주로 신라가 침범을 당하긴 했지만 뺏고 빼앗
기는 참으로 지긋지긋한 전쟁이었다.

재위 후반에 백제의 공격으로 신라의 중요 거점인
대야성 등 40여 개의 성을 잃고 대패하였을 때는 눈
앞이 캄캄했다. 여왕이 어쩔 줄 몰라 당나라에 사신
을 보내 신라의 위급함을 알리고 도움을 청할 정도
였다. 그런데 당 태종은 사신에게 대놓고 여왕을 폄
하했다. 여왕이 덕은 있지만, 여자라서 위엄이 없어
이웃 나라들이 깔본다는 것이었다. 게다가 한술 더
떠서 여왕을 대신할 사람을 보낼 테니 신라가 안정을
찾을 때까지 당분간 그를 국왕으로 섬기라는 가당찮
은 말까지 했다. 사신의 전언을 듣고 여왕은 기가 막
혔다.

전쟁에서 대패하자 여왕의 버팀목이 되어 주었던
유신과 춘추가 위기를 맞았고 두 장군의 위기는 곧
여왕의 위기로 이어졌다. 여왕은 이번에는 당에 유학

중인 자장에게 구원을 요청했다. 자장의 아버지와 여왕의 어머니 마야부인이 친남매였으므로 두 사람은 사촌지간이었다. 어릴 때부터 자장의 인간 됨됨이를 보고 들어 익히 알고 있었다. 인재를 등용할 때 골품제와 상관없이 인물됨을 중시하는 게 여왕의 방식이었다. 가야 출신인 유신과 진골인 춘추가 바로 그 증거였다. 자장 또한 혈육 이전에 그 인물됨을 보고 조정에 재상의 자리가 났을 때 나랏일을 맡기려 했었다. 하지만 자장은 벼슬에는 관심이 없었다. 단 하루 계율을 지키다 죽을지언정 파계하여 백 년 살기를 원치 않는다 했다. 그는 불교에 심취하여 공부를 더 깊이 할 요량으로 당으로 유학을 갔다. 여왕은 그의 뜻을 이해하고 지원을 아끼지 않았다. 신라의 인재들을 키우고 두루 보살피는 데에 어머니 역할을 자처한 터였다. 자장은 당 태종의 총애 속에서 법덕을 쌓고 영험이 날로 더해갔다.

여왕은 당 태종에게 편지를 보내 유학 중인 자장을 신라로 돌려보내 줄 것을 간청했다. 자장은 위기에 처한 여왕을 걱정하여 서둘러 신라로 돌아왔다. 그가 돌아오자 백성들이 기뻐하며 환호했다. 여왕은 자장을 분황사에 머물게 하고 난세를 수습할 방침을 구했다. 자장은 난세를 극복할 방침으로 황룡사에 9층탑을 세울 것을 제안했다.

여왕은 위기를 벗어나야 한다는 절박감에 자장의 제안을 받아들였다. 9층탑 건립은 초입부터 난관에 부딪혔다. 신라에는 대탑을 세울 기술자도 없는 데다 전쟁 중에 무리하게 공사를 추진한다고 반대하는 신하들도 있었다. 여왕에게는 선택지가 없었다. 신라의 평화를 위해서라면 어떤 어려움도 감내해 내야 하는 게 여왕의 운명이었다.

여왕은 백제 미륵사지 9층 목탑을 만든 백제의 장인 아비지를 모셔 오기 위해 백방으로 힘을 썼다. 사신을 보내 보물과 비단을 전하며 아비지에게 대탑 건립을 간청했다. 아비지는 적대국의 수호탑을 세우는 일이 썩 내키지 않았으나 망설임은 길지 않았다. 오로지 불탑을 세운다는 장인 정신 하나로 불심이 깊은 여왕의 청을 받아들였다. 아비지의 지휘 아래 신라의 솜씨 좋은 장인 200여 명이 동원되었다.

대탑이 완성되던 날, 여왕은 대신들과 함께 황룡사에 행차하였다. 황룡사는 선왕 재위 시 만든 신라 최대의 호국사찰이었다. 그곳에 이번에는 여왕이 신라 최고의 대탑을 세웠다. 9층 목탑의 각 층마다 신라가 극복해야 할 아홉 나라의 이름이 붙었다. 1층은 왜국(일본), 2층은 중화(중국), 3층은 오월, 4층은 탁라(제주도), 5층은 응유(백제 추정), 6층은 말갈, 7층은 단원(거란), 8층은 여적(여진), 9층은 예맥(고구려)이 그 나라들이었다. 여왕은 신하들과 함께 9층탑을 한 층, 또 한 층 밟으며 올라갔다.

대탑 맨 꼭대기 9층 난간에 서자 서라벌 땅이 한눈에 내려다보였다. 집들이 벌집이나 개미집만 했다. 마을의 고샅길은 마치 손금처럼 가늘게 보였다. 전쟁으로 무너져 쇠락한 백성들의 집이 눈에 들어왔다. 전쟁 통에 농사까지 기근이 들면 백성들은 느릅나무 껍질을 벗겨 먹거나 풀뿌리로 죽을 끓여 먹으며 끼니를 때운다 했다. 장인들도 무기 만드는 데 동원되다 보니 질그릇이나 기와를 굽거나 농기구를 만드는 생업은 뒷전이었다. 대탑이 완성된 벅차고 뿌듯한 마음도 잠시였다. 여왕은 백성들이 겪는 고통을 생각하며 눈물을 흘렸다. 아무리 담대한 여왕이지만 백성들의 고통 앞에서는 무너지는 마음을 어찌하지 못했다.

여왕은 불법이 현실의 삶 속에서 실현되면 전쟁 없는 세상, 남녀가 평등한 세상이 될 것이라 믿었다. 자장을 대국통으로 삼아 승려들의 흐트러진 규범을 바로잡고 승통의 일체를 주관하도록 하였다. 자장의 불덕으로 나라 안에 불법에 귀의하는 사람이 열에 여덟을 넘었고 머리 깎고 출가하려는 사람도 날로 늘었다.

남산 기슭에는 크고 작은 절들이 생겨나 염불 소리며 목탁 소리가 끊이지 않았다. 남산에 오르면 산사의 풍경을 가만히 흔들고 지나가는 바람 소리며 예불 시간이면 서라벌의 절마다 동시에 울려 퍼지는 법고 소리가 진풍경을 이루었다. 여왕 재위 시 분황사, 영묘사를 비롯한 사찰만 25군데가 세워졌으니 숫제 불국토가 따로 없었다.

부처님 사리를 봉안한 80미터나 되는 거대한 9층 목탑은 신라 사람들의 불심과 호국 의지를 다지는 데 등대 역할을 했다. 백제의 장인이 만든 대탑의 아름다움 또한 신라의 예술가들에게 많은 영감을 주었다.

하지만 9층탑이 세워진다고 해서 당장 전쟁이 끝나는 것은 아니었다. 백제와의 전쟁은 계속되었다. 여왕이, 전쟁 중인데도 불구하고 대탑을 건립하는 무리한 공사를 밀어붙인 것에 대해 일부 대신들의 원성이 뒤따랐다. 비담의 무리는 그걸 빌미 삼아 '여주불능선리'를 명분으로 반란을 일으킨 것이었다.

반란군 진압에 나선 것은 유신이었다. 그는 비담 등이 여왕을 폄하하자 사군이충을 들어 여왕을 지지하고 나섰다. 사군이충은 원광국사의 세속오계 중 첫 번째 계율이었다.

"양은 강하고 음은 부드러운 것이 자연의 이치가

아니겠소. 지금 비담 등은 임금이 단지 여자라는 이유로 신하가 임금을 해치려 하고 있소. 아랫사람이 윗사람을 침범하는 것은 난신적자로서 용서할 수 없는 일이요. 임금은 임금의 도리가 있고 신하 또한 신하의 도리가 있는 것이요. 우리가 이 반란을 진압하러 가는 것은 신하의 도리를 지키기 위한 것이므로 제군들은 반군에 맞서서 단 한 발짝도 물러서서는 아니 될 것이요."

유신의 연설은 군사들의 마음을 파고들었다. 선왕 재위 시 낭비성 전투를 승리로 이끈 이래 여왕 시대 크고 작은 전투에서 눈부신 활약을 한 유신이었다. 훗날 태종무열왕이 되어 삼국통일을 이루어 내는 춘추와 함께 여왕 시대의 충신이었다.

그는 백제군 방어를 위해 주둔하던 압독군 병력을 동원하여 반군과 맞섰다.

여왕은 월성 문 앞에서 반군에 맞서 싸우고 있을 유신을 생각하며 내제석궁으로 가던 길을 재촉했다.

기별도 없이 들어선 내제석궁의 절 마당은 적요로웠다. 돌탑 아래 기단부에 채 녹지 않은 눈이 군데군데 쌓여 있었다. 법당으로 오르는 돌계단 3개가 곧장 눈에 들어왔다. 11자나 되는 장신에다 체격이 워낙 건장했던 선왕이 올라서다가 한꺼번에 부러졌다는 돌계단이었다. 선왕은 풍채도 당당했지만, 성격도 호방하고 진취적이었다. 왕도를 가르칠 때는 물리에 막힘이 없고 겉보기완 달리 딸들에게는 섬세하고 다감한 아비였다. 칠석과 석품의 모반이 사전에 발각되었을 때, 여왕은 선왕이 그렇게 대노하는 모습을 처음 보았다. 반역 죄인들을 다스리는 형벌이 너무나 끔찍해서 선왕에게서 멀리멀리 도망치고 싶을 정도였다. 여왕은 비담의 난을 겪으면서 비로소 선왕이 반역자들에게 왜 그토록 끔찍한 형벌을 내렸는지 알 것 같았다. 절대왕권에 도전한다는 것은 신하로서 있을 수 없는 대역죄를 범하는 일이었다. 그런 반역을 왕위에 오를 딸이 겪게 될지도 모른다는 아비의 노심초사가 그 싹을 아예 싹둑 잘라버리려 했는지도 모를 일이었다.

여왕이 온 걸 뒤늦게 안 스님이 황급히 법당으로 들어섰다. 자장에게서 계를 받은 중년의 비구니였다. 두 사람은 마주 보고 합장을 했다.

"스님, 잠시 향불 하나 사르고 가겠습니다. 저에게는 조금도 신경 쓰지 마시기 바랍니다."

스님도 간밤에 월성에 큰 별이 떨어진 사실을 알고 있었다. 여왕이 설명하지 않아도 그 마음이 어떤 것인지 다 안다는 듯이 연화가 가져온 향갑을 열어 성냥갑과 나란히 좌대에 올려두고 뒤로 물러났다.

여왕이 모래가 반쯤 찬 향로에 향을 꽂고 성냥불을 붙였다. 향불이 제 몸을 태우며 빨갛게 타올랐다. 한 줄기 연기가 법당 안의 찬 공기를 흔들며 흩어졌다. 법당 밖으로 오래 마른 풀 냄새가 퍼져나갔다. 그윽한 향기였다. 절 마당의 양지바른 곳에 앉아서 여왕을 기다리던 내전 사신들은 여왕이 피운 향불의 향기가 연기를 따라 월성 하늘 높이 올라가는 것을 지켜보았다.

여왕은 불상을 향해 삼배를 올리고 가부좌를 틀고 앉았다. 여전히 가마 안에 앉은 듯 흔들리는 마음을 가라앉히려고 가만히 눈을 감았다. 처소에 붙여두고 드나들며 보던 양지 스님이 쓴 시가 떠올랐다.

재 마치니 법당 앞 석장은 한가한데
향로를 차려놓고 향불을 피울까나.
남은 불경 읽고 나니 다른 일 없어,
부처님 빚어두고 합장하고 바라본다.

양지 스님의 시는 정사에 골머리를 썩일 때 떠올리면 한순간에 마음이 한가롭고 고요해지곤 하는 묘한 데가 있었다. 어쩌면 안에서 날뛰는 마음을 그토록 한순간에 붙들 수 있는지, 읽을 때마다 불가사의한 느낌을 받았다. 하지만 어쩐 일인지 이번에는 세상의 끝에 다다른 사람의 것처럼 추연한 생각이 들었다.

양지 스님은 당대 최고의 불상 조각가요 천재적인 예술가였다. 그의 조각품들은 이전의 신라 불상에서는 본 적이 없는 독특한 형상을 하고 있었다. 그는 서역을 여행하면서 본 신라의 불상과 다른 불교 조각의 형태를 기억하고 오로지 선정에 든 상태에서 작품을 만들어냈다.

여왕은 양지의 불상 조각은 물론 시와 글씨를 좋아했다. 여왕뿐 아니라 신라 사람들 누구나 양지를 존경하고 사랑했다.

양지가 영묘사에서 장육삼존상을 만들 때, 시킨 적도 없는데 사람들은 양지를 도와 흙을 나르고 돌을 운반했다. 양지는 노래를 지어 사람들을 위로했다.

오다 오다 오다
오다 서럽더라
서럽더라. 우리네여,
공덕 닦으러 오다.

베틀을 짜거나 농사일을 할 때, 사람들이 함께 부르곤 하던 그 노래에는 어딘지 서럽고도 애달픈 신라 사람들의 정서가 고스란히 담겨 있었다.

유신은 큰 별이 떨어졌다는 소문을 듣고 여왕이 충격을 받았다는 사실을 전해 들었다. 그는 곧장 궁궐로 가 뵙기를 청했다. 막 내제석궁에서 향불을 사르고 돌아온 여왕은 유신을 반갑게 맞이하였다.

"어서 오시게 대장군. 그러잖아도 대장군 생각을 하고 있었네."

"여왕 폐하께서 상심하고 계신다는 말을 듣고 걱정이 되어서 들렀사옵니다."

"고맙네."

여왕이 고개를 끄덕이며 유신을 바라보았다. 유신은 여왕이 그새 몰라보게 수척한 데에 못내 마음이 쓰였다. 여왕의 마음고생이 얼마나 심했을지 짐작하고도 남았다.

"대장군, 나는 이 내란이 백제가 침략한 것보다 더 마음이 아프고 혼란스럽구려. 어쩌면 나는 여왕이 되는 순간에 이런 마지막을 예상했는지도 모르겠소."

여왕이 힘없이 웃었다. 눈가에 어두운 그림자가 내려와 있었다.

"여왕 폐하, 어찌 그리 나약한 말씀을 하십니까."

"16년 동안 나는 신라와 신라 백성들 생각에 한시

도 마음 편히 보낸 적이 없었소. 그런데도 여왕은 정치를 잘못한다고 월성문을 치고 들어오려는 저들을 어찌해야 한단 말이요. 저들도 내 백성들이 아닙니까. 대장군, 내 인생이 송두리째 와르르 무너지는 느낌이요. 이렇게 허무할 데가 없구려.”

“여왕 폐하, 저들은 신하의 도리를 망각하고 자신들이 무슨 짓을 저지른 건지 알지 못하고 있사옵니다. 신라를 섬기다 마침내는 스스로 신라가 되신 여왕 폐하이십니다. 여왕 폐하, 힘을 내셔야 합니다.”

유신의 목소리가 떨렸다.

“비담은 별이 월성으로 떨어진 걸 내가 폐위될 징조라고 기세등등해한다지요.”

“여왕 폐하, 세상 만물의 이치는 해석하기 나름이 아니겠습니까. 은나라 주왕은 봉황이 나타났음에도 망하였고 노나라는 기린을 잡았어도 쇠망하였으며 은나라 고송은 꿩이 울었음에도 흥하였으며 정나라는 용들이 서로 다투었음에도 창성하지 않았습니까. 폐하의 덕이 저들의 요망함을 반드시 이길 것이옵니다. 별자리의 변괴 따위는 두려워할 것이 못 되옵니다.* 폐하, 부디 근심하지 마시고 마음을 편안히 가지

---

* 『삼국사기』에서 인용함.

옵소서."

유신은 누구보다 단단한 현실 감각을 지닌 장군이었다. 미신을 믿는다든지 막연한 징조에 휘둘린다든지 하는 허약한 성격이 아니었다. 그랬다면 그 수많은 전쟁에서 성과를 거두기 힘들었을 터였다. 644년 재위 13년 가을에는 백제의 변경 7성을 빼앗았고, 그 이듬해 봄에도 백제가 쳐들어왔다가 유신에게 대패했다. 여왕은 나라의 존망이 유신에게 달려 있다고 크게 치하했다. 전쟁터에 나가는 길에 자신의 집이 코앞인데도 잠시도 대열을 이탈하지 않았다. 그것을 지켜본 군사들은 그의 책임감에 감읍하여 대장군을 충심으로 믿고 따랐다.

"고맙소. 대장군이 그리 말해주니 마음이 한결 편안해지는구려. 아침에 일관이 다녀갔소. 간밤에 첨성대에 올라서 큰 별이 명활산성 쪽에서 월성으로 떨어지는 걸 보았다더군요. 일관은 그걸 보고 비담이 월성으로 붙잡혀 올 징조라고 했소."

"여왕 폐하, 역시 하늘만 보고 사는 사람이라 눈이 여간 매운 게 아닌 듯하옵니다. 일관이 제대로 본 걸로 생각되옵니다."

"대장군이 그리 생각한다니 참으로 안심이 되는구려. 그나저나 날씨가 추워서 걱정이요. 응달에는 눈이 녹지 않았던데 대장군, 한겨울 추위에 군사들이 허기지게 해서는 아니 되오. 식량 창고를 열어 충분히 먹이도록 하시오. 가죽옷을 만들어 따뜻하게 입히고, 대장간 장인들에게는 무기 만드는 일을 게을리하지 않도록 하시오.”

유신은 군사들을 아끼고 걱정하는 여왕의 마음이 얼마나 깊은 사랑에서 나오는 것인 줄 잘 알고 있었다. 여왕의 사랑이 마음에 사무쳤다.

여동생 문희가 춘추와 혼인할 수 있게 된 것도 모두 여왕의 배려 덕분이 아니었던가. 유신은 처녀가 임신을 했다고 제 여동생을 불태워 죽이려 했었다. 여왕이 춘추와 신하들 몇을 대동하고 남산으로 산책을 나갔다가 우연히 그 장면을 목격했다. 남산 아랫마을에서 연기가 심하게 나는 걸 기이하게 여긴 여왕이 신하에게 웬 연기냐고 물었다. 신하는 유신이 자기 집 마당에서 결혼도 하지 않은 제 여동생이 임신한 사실을 알고 그 여동생을 불태우려 한다고 말했다. 깜짝 놀란 여왕이 임신시킨 남자가 누구냐고 물었다. 옆에 있던 춘추가 사색이 되어 안절부절못했다. 여왕은 춘추가 유신의 집을 드나들면서 가깝게 지낸다는 것을 알고 있었으므로 그 남자가 춘추란 사실을 눈치채고 다짜고짜 호통을 쳤다. 사내가 여인을 품었으면 국법이야 어떻든 끝까지 보살피는 게 도리이거늘, 사랑하는 여인이 목숨을 잃게 된 지경인데도 모른 척하다니. 그래가지고 그게 어디 사내라고 할 수 있겠느냐, 어서 한달음에 달려가서 구출하라고 소리를 질렀다. 춘추가 정신을 차리고 여왕의 분부대로 했다.

그때 여왕이 아니었다면 여동생이 어떻게 되었을지 생각만 해도 아찔한 일이었다. 여왕은 국법보다 윤리보다 사람을, 또한 사랑을 더 귀하게 여기는 사람이었다.

그런 성품을 가진 여왕이었기에 활리역에 사는 역졸 지귀의 안타까운 짝사랑조차 외면하지 못했다.

지귀가 어느 날 길을 가다 우연히 여왕의 행차를 보았다. 구름같이 모여든 사람들 틈에서 딱 한 번 본 여왕의 아름다움을 잊을 수 없었다. 여왕은 이미 중년을 넘긴 나이였지만 누구도 넘볼 수 없는 기품을 지닌 여인이었다. 짝사랑이 깊어 미쳐 버린 지귀는 곡기를 끊고 필사적으로 여왕을 그리워했다. 어느 날 여왕이 영묘사에 행차한다는 소문을 듣고 한달음에 달려가서 여왕을 만나게 해 달라고 울부짖었다. 여왕에게 다가가려는 지귀와 제지하는 신하들이 서로 옥신각신하며 다투는 것을 본 여왕이 그 까닭을 물었다. 신하들이 연유를 알려주었다. 여왕은 영묘사 법

174

당에서 분향을 하고 나와 지귀를 만날 테니 기다리게
하라고 일렀다. 지귀는 심장이 터질 듯이 기뻤다. 절
뒷마당의 바위에 기대어 여왕을 기다리다가 따뜻한
햇살에 그만 스르르 잠이 들고 말았다. 분향을 끝내
고 나온 여왕은 지쳐서 곤히 잠든 지귀를 연민이 가
득한 눈으로 내려다보았다. 그러고는 금팔찌 하나를
빼서 그의 가슴에 얹어주고 떠났다.

그렇듯 귀천 없이 사람을 아끼는 대범하고도 다감
한 여왕을 위해서 유신은 어떻게든 전세를 바꿀 방도
를 찾아야 했다. 왕궁으로 떨어진 큰 별을 도로 하늘
로 올려보낼 방법은 없을까.

여왕의 처소를 나서는 유신의 고민이 깊었다.

유시였다. 저녁 예불 시간이 가까웠다.

둥둥 두둥둥둥 타다다닥 당당당…

가까운 내제석궁에서 법고 소리가 들렸다. 북소리
는 모였다 흩어지고 멀어졌다가는 또 가까워졌다. 그
것은 하늘 끝에 닿을 듯 천둥 같은 장엄이었다가 아
스라한 그리움이 되어 스러져갔다. 그날따라 북소리
가 딴 날과 다르다고 느낀 건 유신뿐만이 아니었다.
여왕에게도 그날의 북소리는 마치 심장을 파고드는
듯했다. 여왕은 법고를 쳤을 비구니의 얼굴을 잠시
떠올리고는 서탁에 앉았다. 며칠 전부터 자장에게 편

지를 써야겠다고 벼르기만 하고 있었는데 어쩐 일인
지 자석에 이끌린 듯이 서탁으로 가 앉은 것이었다.
연화가 여왕의 곁으로 다가가 먹을 갈았다.

유신에게도 그날의 북소리는 예사롭지 않았다. 그
는 한순간 무릎을 쳤다. 바로 그것이었다. 하늘에서
떨어진 별을, 퍼져나가는 저 북소리처럼 다시 하늘로
올려보내면 되지 않겠는가 하는 생각이 들었다.

마침내 한 가지 꾀가 떠올랐다. 허수아비를 만들어
불을 붙인 뒤에 그것을 연에 매달아 띄워 올리는 것
이었다. 깜깜한 밤하늘 높이 불꽃을 띄워 올리면 땅
에서 볼 때 그것은 마치 별이 하늘로 올라가는 듯이
보이지 않겠는가.

유신은 아무도 모르게 서둘러 허수아비와 연을 만
들었다. 밤이 되길 기다려 허수아비를 연에 매달아
불을 붙여 밤하늘 높이 띄워 보냈다. 월성 문 안팎으
로는 군사를 풀어 마을을 돌아다니면서 소문을 내도
록 지시했다.

"지난밤 월성에 떨어진 큰 별이 도로 하늘로 올라
갔다."

군사들은 큰 소리를 지르며 마을을 돌아다녔다. 그
소리를 듣고 놀란 사람들이 밖으로 뛰쳐나왔다. 별이
도로 밤하늘로 올라가는 기상천외한 장면을 목격한

사람들은 할 말을 잃었다. 별이 달항아리만 하더라느니 묵은 장독만 하더라고 별의 크기를 따지던 사람들도 그저 입을 딱 벌릴 뿐이었다.

정월 초엿새 밤이었다. 소문은 또다시 서라벌 땅으로 빠르게 퍼져나갔다.

유신은 큰 별이 떨어져 도로 올라간 자리에서 흰말을 제물로 제사를 지냈다. 축문을 지어 축원을 할 때 여왕을 생각했다. 여왕의 평안을 위한 축원이었다. 그는 남몰래 눈물을 삼켰다. 스스로 신라가 되어버린 여왕이었다. 그런 여왕이 떠난 신라를 생각하는 것만으로도 비통한 일이었다. 여왕이 떠난다고 해서 삶이 그다지 달라질 건 없겠지만 여왕의 빈자리는 오랫동안 슬픔으로 남아 사람들의 가슴을 아프게 파고들 것이었다.

여왕이 신하들에게 유언을 남긴 건 이미 오래전의 일이었다.

"647년 재위 16년이 되는 해 정월 여드렛날이면 나는 세상을 뜰 것이오. 내가 죽으면 나를 도리천에 묻어주시오."

신하들은 도리천을 알지 못하였고 647년은 영영 오지 않을 것 같은 먼 훗날이었다.

"여왕 폐하, 도리천이라 하면 어디를 말씀하시는지

요?”

신하의 목소리에는 아무런 슬픔도 묻어 있지 않았다.

“낭산의 남쪽 봉우리요.”

대답하는 여왕도 슬픔을 모르는 방울처럼 명랑하였다.

자신의 갈 날과 돌아갈 곳을 이미 알고 있던 여왕이었다.

비담의 군사들도 큰 별이 도로 하늘로 올라갔다는 소문을 들었다. 그들은 크게 동요했다. 궁성에 떨어진 별이 다시 하늘로 올라갔으니 비담의 반란은 제압되고 여왕이 승리할 것이라는 소문이 또다시 서라벌 사람들의 입에서 입으로 전해졌다. 반란 10여 일 만에 반군들은 사기를 잃고 말았다. 그 틈에 유신은 군사를 이끌고 가 명활산성을 쳤다. 비담 등은 일관 법성의 예언처럼 월성으로 붙잡혀 들어왔다.

반란의 창망한 와중에 여왕이 세상을 떴다.

오래전 신하들에게 유언을 남긴 바로 그날이었다.

분황사에 머물던 자장에게 연화가 여왕의 편지 한 통을 전했다.

“자장, 월성 문이 막혀 성문 밖으로 오도 가도 못하는 신세가 되었소.

내제석궁에 가서 향불을 사르고 왔꼿. 이제 향불을 사르듯 이 육신의 허물을 벗고 떠날 때가 된 모양이요. 인생은 공이요 무상이라던 자장의 법문이 생각나는군요. 무엇이 그리 두려워서 내내 떨었는지 모르겠소. 반란보다 공포가 먼저 찾아와서 그랬던 모양이요. 이제 두고 갈 것도 가지고 갈 것도 없는 홀가분한 몸이 되었는데 말이요.

그래도 하 섭섭하여 굳이 무어라도 하나쯤 남기고 가라 한다면 나는 나의 백성들에게서 오래오래 잊히지 않는 향기로 남고 싶소. 그 향기로 그들의 가슴속에 영원히 살아남고 싶소.

자장, 절 자리를 보느라 자장과 온 산을 헤매던 기억이며 어릴 때 어른들을 따라 나들이 갔을 때 무덤가에서 본 그 이름 모를 벌레가 기억나는군요.

자벌레처럼 생겼지만, 자벌레는 아닌, 그 이름 모를 빌레는 허공에 매달아 놓은 줄도 없이 어떻게 그 작은 몸이 공중으로 높이 더 높이 떠오를 수 있었음까요.

호기심 많은 자장이 눈에 보이지 않는 거미줄 같은 것이라도 타고 올라가나 의심을 하면서 막대기를 하나 주워 와서 벌레를 가운데에 두고 아래위로 마구 휘저었지요. 그런데도 그 벌레는 꼿꼿이 위로 위로 온몸을 비틀면서 올라갔지요.

자장, 우리가 본 게 실제 있었던 사실이었을까요? 어떻게 손가락 길이만 한 벌레가 아무런 줄도 없이 온몸을 비틀며 하늘로 올라갈 수 있었을까요? 오늘 문득, 이름 모를 그 벌레가 우리들 모습이 아니었을까 하는 생각을 하였소. 허공에 매단 줄도 없이 그렇게 온몸을 비틀며 위로 위로 올라가는, 자벌레는 아니지만, 자벌레처럼 생긴 그 벌레 말이요.

당에 있는 자장에게 편지를 쓰던 때가 생각나는구려. 하루를 살아도 계를 지키며 살고 싶다고 단호하게 벼슬을 뿌리쳤던 자장이 돌아올 거란 기대는 그리 크지 않았었소. 그때 두말없이 돌아와서 백성들을 지켜준 일 늦었지만 참으로 고마웠소.

자장, 내가 떠난 후에도 여주불능선리를 앞세우는 비담 무리들과 맞서 싸워야 하는 승만공주와 저 어질고 소처럼 순한 신라의 백성들을 잘 부탁하오.”

자장의 눈길이 여왕의 편지 마지막 문장에서 오래 머물렀다. 그는 편지를 접어 두고 요사체를 나와 법당으로 갔다. 사미승 하나가 대빗자루로 절 마당 구석에 쌓여 있는 눈을 쓸고 있었다. 법당문을 열자 갇혀 있던 냉기가 훅 끼쳐 왔다. 향로에는 타다 남은 몽당향이 여러 개 꽂혀 있었다. 자장이 새 향을 꺼내 향로 가운데에 꽂고 불을 붙였다. 오래된 마른 풀냄새가 향긋하게 피어났다. 반듯이 올라가던 연기가 문득 공중에서 흔들리며 흩어졌다.

"잘 가시게, 나의 누이여. 잘 가시게, 우리들의 여왕이여."

자장의 낮은 목소리가 향불 연기와 함께 흔들렸다.

물계자의
노래

1

물계자는 신라 제10대 내해왕 때 사람이었다. 그는 장수였는데 키는 9척 장신에다 몸매 또한 검술로 단련되어 다부졌다. 검무에도 능해서 한 근 팔 량(1kg)이나 되는 검의 자루를 마치 부채를 든 듯 가볍게 들고 학처럼 춤을 추었다. 그뿐만이 아니었다. 시를 지어 노래를 만들었으며 가무에도 남다른 재주가 있었다. 그의 이런 비범함은 이웃 마을에까지 소문이 자자해서 그에게 검술과 검무를 배우러 오는 사람이 끊이지 않았다. 사람들은 앉았다 하면 물계자 이야기로 꽃을 피웠다.

하루는 멀리 가락국에서 거문고를 멘 한 청년이 찾아왔다.

"가락에 사는 서린이라고 합니다. 저는 장차 장군이

되고 싶어서 물계자 님께 검술을 배우러 왔습니다.”

“장군이 되고 싶다는 사람이 어찌 검을 메지 않고 악기를 메고 왔소?”

철 수출국이었던 가락국(지금의 김해시)은 신라보다 경제 사정이 좋아 왕족과 선비들뿐 아니라 서민들의 가정에도 거문고가 많이 보급되어 있었다. 하지만 신라에서는 보기 드문 악기였다. 물계자는 처음 보는 악기에 호기심을 느꼈다.

“칠점산에 사는 참시선인이 항상 거문고를 가지고 다니시는데 저도 그 본을 보아서 그렇사옵니다.”

서린이 멋쩍은 듯이 머리를 긁으며 웃어 보였다. 그의 목소리는 커다란 항아리 속에서 울려 나오는 듯 웅숭깊었다.

“그 거문고 소리가 참으로 궁금하오.”

소리를 좋아해서 풀피리를 만들어 불거나 대나무로 퉁소를 만들어 불기도 했지만 거문고 소리라니. 그는 거문고에서 눈을 떼지 못했다.

“어떻게 소리를 내는 것이오?”

“이 술대로 줄을 치거나 뜯어서 소리를 내지요. 금은 중국에서 온 악긴데 이 일곱 줄로 못 내는 소리가 없답니다.”

“악기 소리가 무척 궁금하오. 한번 들려주실 수 있

겠소?”

　서린은 별 망설임 없이 대청마루에 올라앉아 거문고를 오른쪽 무릎 위에 걸쳐 놓고 왼쪽 무릎으로 거문고 뒷면을 비스듬히 고여 비켜 앉았다. 물계자는 서린이 잠시 줄을 고르는 순간에도 처음 보는 악기 소리에 대한 기대감으로 조바심이 났다. 서린은 오른 손에 술대를 쥐고 반원형을 그리며 팔을 들어 올렸다가 수직으로 떨어뜨렸다. 굵은 술대로 줄을 치거나 뜯어내어서 나는 탁하고 거친 거문고 소리가 높았다가 가늘어지고 가늘어지다가 높아졌다. 거문고의 안 족이 줄을 떠받치고 있는 모습이 마치 거문고 소리가 춤을 추고 있는 것처럼 보여 그의 가슴이 그네를 뛰듯 뛰어놀았다. 소리가 둥둥 뜨는 것 같은 일찍이 경험하지 못한 농현의 깊은 울림은 그를 매혹시키기에 충분했다. 그는 처음 들어본 거문고 소리에 푹 빠지고 말았다.

　“과연 거문고 소리는 어디서부터 오는 것인지요. 손가락 끝인가요, 아니면 거문고 통이나 줄에서 오는 건가요. 정말 멋진 소리오.”

　물계자는 벅찬 가슴을 진정시키며 말했다.

　“아이고 물계자 님, 제 연주는 아무것도 아니어요. 그저 시늉만 겨우 내는 정도랍니다. 참시선인이 거문고를 연주하면 백학이며 황학이 날아와 춤을 추고 가는 걸요. 가락국 사람 중에는 그 연주를 한 번 들으려고 배를 타고 칠점산까지 가는 사람이 있을 정도지요. 머리는 하얗게 센 백발인데 얼굴은 백옥같이 희고 깨끗해서 도무지 나이를 가늠할 수가 없지요. 140살이라고도 하고 150살이라고도 하고 또 누구는 300살이라고도 하는데 그걸 누가 알겠어요."

물계자는 서린의 말을 들으며 참시선인의 모습을 마음속으로 그려보았다.

"어느 여름날 달밤이었지요. 칠점산 봉우리로 수련을 갔다가 제자들이 모여 앉아 선인이 타는 거문고를 들었답니다. 지금도 그 연주를 잊을 수가 없어요. 중국에서 전해 내려오는 산곡 중 하나인데 연주 솜씨가 그야말로 천변만화였지요. 거친 광야에 퍼붓는 폭풍우처럼 휘몰아치다가 때로는 유유히 떠가는 솜털 구름처럼 부드러워졌지요. 별빛에 취해 밤이 새는 줄도 모르고 꼿꼿하게 앉아서 참시선인이 거문고를 타는 모습을 보고 우리는 한숨을 쉬었지요. 제가 거문고를 배우게 된 것도 다 그 달밤의 연주 때문이었지요. 지금도 참시선인의 제자가 되어 칠점산에 눌러앉아 다시는 고향으로 돌아가지 못한 사람이 한둘이 아니랍니다."

물계자는 서린의 이야기에 빠져들었다. 언젠가는 참시선인을 만날 것 같은 예감이 몰래 가슴속에 자리 잡았다.

두 사람은 그날부터 의기투합했다. 서린이 가락으로 돌아가기까지의 짧은 기간 동안 함께 기거하면서 물계자는 서린에게 검술과 검무를, 서린은 물계자에게 거문고를 가르치면서 교분을 쌓았다. 서린은 말끝마다 참시선인은요, 참시선인은요, 했는데 그럴 때면 물계자의 눈이 반짝 빛났다.

"참시선인은요, 거문고는 손기술로 연주하는 게 아니고 가슴 저 밑바닥에서 끓어오르는 마음으로 연주하는 거라고 했어요. 음악이란 아무리 듣기 좋고 즐겁더라도 방종해서는 안 되며 아무리 슬퍼도 비탄에 빠져서는 안 된다고 해요."

물계자는 음악이 인간을 이상적인 경지로 이끄는 매개가 된다는 생각을 스스로도 하고 있었으므로 참시선인에 대한 외경심이 커져만 갔다.

불교가 아직 신라에 들어오기 훨씬 이전이었다. 불교가 삼국 중 중국과 제일 가까운 고구려에 들어온 것은 소수림왕 2년(372년)이었고 서라벌에 들어온 것은 417년이었다. 물계자가 살았던 신라 내해왕 시절은 196년부터 230년쯤이었다. 서민층에서 신선도가 유행하여 도처에 도인들이 출몰하던 시기였다.

2

사람은 한 번 태어나면 반드시 늙어 죽기 마련이다. 그 때문에 무병장수하고 장생불사한다는 신선의 존재에 매료되는 것은 어쩌면 자연스럽고 당연한 현상인지도 모른다. 그들은 짧은 인생의 덧없음을 한탄하면서 속세로부터 초탈하기를 원했다. 그리하여 깊은 산속으로 들어가 도를 닦아 신선이 되고자 했다. 그들은 속세에 얽매어 헤어나지 못하는 대중들에게 흠모의 대상이 되기에 충분했다. 초월계에 머물며 심신 수련과 악기 연주와 이름난 명승지를 소요하며 삶과 죽음의 경계를 넘어선 삶을 살았다. 그들의 추종자 또한 수백수천 명에 이르렀다.

단군은 아사달 산에 들어가 신선이 되었다. 아사달 산에 살면서 단군의 도를 전한 사람이 문박씨였는데 그는 깨끗하고 맑게 사는 가르침을 전하였다. 이 가르침은 향미산에서 철죽장을 가지고 다녔다는 영랑에게로, 또 바람을 타고 다니며 거문고를 안고 노래를 불렀다는 마한 시대의 신녀 보덕에게로 전해졌다. 물계자는 그들 도인이나 선인들에게 관심이 많았다.

때마침 서런에게서 칠점산에 사는 참시선인의 이야기를 듣고는 그를 흠모하게 되었다.

칠점산은 가락 땅에 있는 봉우리가 7개로 된 산인데 산세가 깊고 수려했다. 참시선인은 늘 거문고를 안고 다닌다고 해서 금선이라고도 불리고 칠점산에 사는 신선이라고 해서 칠점선인이라고도 불렸다.

물계자가 참시선인을 찾아간 날은 칠점산에 이른 봄의 매화 향기가 가득한 날이었다. 참시선인은 대청마루에서 거문고를 비켜 안고서 연주를 하고 있었다. 흰옷에 수염을 하얗게 기른 그의 모습은 비 온 뒤의 연못에 핀 연꽃처럼 맑고 깨끗했다. 파란 하늘에는 흰 구름이 유유히 흐르고 앞마당에는 황학이며 백학이 날아와 날개를 펴고 서로 어우러져 춤을 추었다. 거문고 반주에 맞추어 춤을 추는 학들이 마치 하늘에서 내려온 선녀와 같았다. 이 기이한 광경 앞에 물계자는 할 말을 잃고 말았다.

물계자는 참시선인이 잠시 거문고를 물리는 틈에 그의 발 앞에 나아가 무릎을 꿇고 절을 했다.

"어디서 온 누구신가?"

말소리가 마치 경을 읽는 법음과 같았다.

물계자는 구척장신의 다부진 신체와는 달리 타고나기를 성정이 여리고 감수성이 예민했다. 특히 소리에 민감했다. 하루살이의 짧은 목숨이 안타까워 밤잠을 이루지 못하는가 하면 아침 이슬이 쉬이 사라지는 것조차 애석해했으며 뒤뜰의 대나무밭에서 나는 바람 소리가 좋아서 밥 먹을 생각도 잊고 앉아 있곤 했다.

"저는 신라 사람 물계자라고 하옵니다. 하루살이나 아침 이슬처럼 덧없고 허망하게 스러지는 인생을 살고 싶지 않아서 배움을 청하려고 왔습니다. 저에게 도를 내려주십시오."

말없이 고개를 끄덕이는 참시선인의 얼굴은 과연 듣던 대로 백옥같이 맑게 빛나서 도무지 나이를 가늠할 수가 없었다.

참시선인은 선도의 조화 정신으로 선풍을 일으킨 유명한 선가(仙家)였다. 선도(仙道)는 종교의 차원을 넘어 신선으로 표상되는 전인적 인격체가 되는 심신 수련을 하였다. 하늘의 밝음과 사람 내면의 밝음을 하나로 보았다. 그는 가락의 왕과 조우할 정도로 신분 또한 높았다. 물계자는 그의 제자가 되어 깊은 산속의 명승지를 소요하면서 시와 검과 거문고를 배웠다.

"진정한 도인이 되려면 시와 음악과 검, 이 세 가지의 이치를 알아서 조화롭게 써야 되는 게야. 시와 음

악은 인간의 본성을 찾아가는 즐거운 여정 같은 것이
고, 칼은 사람을 죽이려고 쓰는 것이 아니라 사람을
살리기 위해 쓰는 것이니라.”

물계자는 그 말의 뜻을 깊이 공감하고 고개를 끄덕
였다. 물계자에게 검술을 배우러 오는 제자들이 언제
나 반듯하기만 한 것은 아니었다. 섣불리 배운 검의
힘을 믿고 사소한 욕망 때문에 칼을 함부로 휘두르는
자도 있기 마련이었다. 그럴 때마다 물계자 또한 똑
같은 말로 제자들을 다스리곤 했다.

“풍류에는 음악이 최고 정점이야. 음악을 모르면 인
간 본성의 가장 아름다운 경지에 들 수가 없는 게야.
음악은 볼 수도 만질 수도 없는 것인데 형체도 없는
이 음악이 어떻게 인간의 폐부로 파고들어 사람의 감
정을 온통 헤집어 놓는지 모를 일이야. 음악은 그토
록 오묘한 경지에 올라가 있는 것이야. 또 음악에 흐
르는 우주의 정기는 백성들을 순화시키고 인격을 높
이는 신비한 힘을 가졌거든….”

법음 같은 선인의 목소리를 들으며 물계자는 풍류
도에 빠져들었다.

“세상의 모든 소리에는 음악이 숨어 있어. 저 감나
무에 매달린 감이 빨갛게 익어가는 데도 음악이 들어
있고 개울가에서 빨래하는 아낙네의 빨랫방망이 소

리에도 석수장이의 돌 깨는 소리에도 음악이 숨어 있
지."

참시선인이 말했다. 물계자가 사는 동네 끝자락에
는 석수장이가 살고 있었다. 비 온 뒷날이면 정이나
망치가 돌을 또닥또닥 두드리는 소리가 멀리까지 퍼
져서 물계자의 집 마당에서도 들렸다. 그는 그 돌 깨
는 소리를 참 좋아했다. 그 소리를 듣고 있으면 마치
흐르는 강물을 보고 있는 듯 시간 가는 줄 몰랐다.

물계자는 어린 시절 동네 아이들과 어울리기보다
는 혼자 놀기를 좋아했다. 자기들과 어울리지 않는
물계자에게 심통이 난 성질 고약한 아이가 해코지를
해서 맞고 와도 내색하거나 원망이 없었다. 그의 아
버지는 아들의 그런 심성을 걱정했다. 일찍 어미를 여
의고 외롭게 자라는 아들을 어떻게 하면 사내답게 키
울까 생각하다 백 년 된 백양나무를 깎아 목검을 만
들어 주었다. 아버지는 아들에게 목검을 들고 시선을
쓰는 법을 비롯하여 치고 베고 찌르는 법을 가르쳤
다. 물계자는 금세 목검에 매료되었는데 무엇보다 목
검이 팔목에 얹히는 그 묵직한 무게감이 그럴 수 없
이 든든했다. 검이 바람을 힘껏 가를 때 나는 소리가
또한 근사했다. 검을 휘두르며 놀다가 지루하면 뒷산
에 올라가 아름드리 소나무를 상대로 공격하고 방어

하고 반격하면서 놀았다. 숨이 차면 바위에 걸터앉아 풀피리를 불고 흐르는 물소리와 새소리, 바람 소리에 마음을 자주 빼앗겼다. 그 소리를 들으며 노래를 흥얼거렸다.

"음악은 우주에 이미 존재해 있는 것이야. 그중에서 뽑아서 쓰면 연주곡도 만들어지고 노래도 되는 것이야."

참시선인이 말했다.

정말 그랬다. 물계자는 산속의 폭포수 소리를 들으면서도 시를 지어 노래를 만들었다. 노래 가사가 자주 자신을 찾아왔다. 참시선인은 음악을 좋아하고 악기를 연주했지만 노래를 만들 생각을 하지는 않았는데 물계자는 자기만의 노래를 지었다.

봄꽃이 시름없이 지고 시냇가 버드나무에 잔뜩 물이 오른 어느 날이었다. 참시선인의 뛰어난 덕을 사모하여 가락의 거등왕이 초선대를 짓고 그를 초청하였다. 초선대는 가락국 동쪽 7리쯤 되는 곳에 있었다. 참시선인은 모처럼의 나들이에 제자인 가야금을 타는 선녀 섬섬과 선인의 거문고를 든 물계자를 동행했다. 칠점산에서 초선대까지는 배를 타고 가야 했다. 거등왕과 참시선인은 초선대에서 바둑을 두고 거문고 합주도 하면서 즐거운 시간을 보냈다. 거등왕은 왕자 시절에는 미처 생각지도 못했던 나라를 다스리는 어려움에 대해 참시선인에게 조언을 청했다.

"임금이 자연의 이치로 백성을 다스리면 백성도 저절로 자연스럽게 살 것입니다. 임금과 백성은 음악에서 화음을 이루듯이 조화로워야 하는 겁니다. 조화의 아름다움은 세상의 어떤 아름다움보다 으뜸에 있는 것입니다."

거등왕이 참시선인의 말에 기뻐하면서 신하에게 소를 잡아 대접할 것을 명했다. 이를 안 참시선인은 극구 만류하고 나섰다.

"그 마음은 고맙지만 저는 단풍나무진과 도라지면 충분합니다."

참시선인이 칠점산에서 먹는 것들도 실제로 곡식이 아니라 마, 흑임자, 복령, 영지, 단풍나무진, 산도라지 같은 것들이었다. 그의 뜻대로 단풍나무진과 도라지로 차린 상이 나오자 그마저도 그저 새 모이만큼 조금밖에 먹지 않았다. 그는 그렇게 먹고도 비탈진 산길을 실뱀이 기어가듯 스륵스륵 걸어 올라가서 사람들을 놀라게 했다.

물계자가 참시선인 곁에서 두 계절을 보내는 동안 그의 아버지는 점점 쇠약해져 갔다. 급기야 부친이 위독하다는 전갈이 왔고 그는 신라로 돌아와야 했다.

그는 자신의 불효를 깨닫고 사흘 밤낮을 쉬지 않고 고향집을 향해 달려갔건만 아버지는 이미 이 세상 사람이 아니었다. 온몸의 힘이 달아나고 무릎이 폭 꺾였다. 초가집 마당에는 초상을 치르느라 멍석이 깔리고 마을 사람들은 삼삼오오 모여 앉아 막걸릿잔을 기울이고 있었다.

"우리 마을 뒷산의 나무 이름이며 약초 이름을 그 어른보다 더 많이 아는 사람은 없었어."

"그 어른이 설장구를 치면 손이 안 보일 정도로 재빨랐지."

"당신이 점심을 먹고 나면 율리에 사는 역줄이 밥은 먹고 짐을 지는지 걱정돼서 역전에 나가 볼 정도로 정이 많은 양반이었지."

"아까운 어른이 너무 일찍 세상을 떠난 거야."

그는 마을 사람들의 이야기를 들으며 하염없이 흐르는 눈물을 감추지 못했다.

가만히 보니 마을 청년들은 어느새 장가를 들어 아이를 낳아 기르고 있었고 등허리가 굽은 노인이 된 사람들도 보였다. 칠점산에서 겨우 두 계절을 보냈을 뿐인데 무슨 조홧속인지 모를 일이었다. 세속적인 일에 초탈하여 달밤이면 생소를 불고 노래를 만들며 풍류도에 빠져 지냈던 칠점산에서 보낸 시간이 마치 선계에 머물다 온 것처럼 아득하게 느껴졌다.

그때 누군가 베옷을 입고 화덕 앞에서 부지런히 배추전을 부치고 있었다. 가만히 보니 이웃 처녀 해옥이었다. 볼이 복사꽃처럼 발그레하던 그 소녀가 맞나싶을 만치 처녀티가 완연했다. 물계자는 자신도 모르게 얼굴을 붉혔다. 해옥은 물계자보다 두 살이 위였다. 물계자네 초당이 있는 싸릿담을 건너다보며 그의 행방을 살피던 해옥과 눈이 마주친 적이 여러 번이었다. 그녀의 어머니 또한 그런 해옥의 마음을 알고 딸을 물계자에게 시집보내고 싶어 했다. 몸이 약해서 자주 병석에 눕는 물계자의 아버지를 위해 죽을 끓여서 갖다주게 하는가 하면 심부름 보낼 일이 생기면 꼭 딸을 보내곤 했다. 해옥 어머니의 호의적인 태도에 물계자네 식구들도 이웃인 해옥네 가족들과 허물없이 지냈다. 마을 사람들이 병석에 누운 물계자의 아버지를 해옥네 식구가 마지막까지 돌보고 임종을 지켰다는 이야기를 전해 주었다.

장례식이 끝나고 삼년상을 치른 뒤 물계자는 해옥과 혼례식을 올렸다. 부지런한 아내와 텃밭을 가꾸고 산에 가서 땔감을 해 오고 곧이어 태어난 아이들을 키우는 동안에도 물계자의 초당에는 검술을 배우러 오는 사람들이 끊이지 않았다. 검술을 배우러 왔다가 시와 음악과 그의 사람됨에 반해 제자가 된 사람도 많았다. 검술을 가르치는 물계자의 수련법은 좀 독특한 데가 있었다. 정신 수련이 먼저였고 그다음이 검술 수련이었다. 정신이 올바르지 못한 자가 칼을 드는 것은 남을 죽이고 자신까지 죽이는 일이라는 믿음 때문이었다. 수련 중에는 언제나 자신이 만든 노래를 가르치고 합창을 시켰다. 그에게 수련받은 사람들은 나이 여하를 막론하고 그와 사제지간이 되기 마련이었다. 그들은 모여 앉아 막걸릿잔이라도 기울일라치면 으레 물계자에게서 배운 노래를 합창하면서 덩실덩실 춤을 추곤 했다. 그 노래가 수련생들의 마음을 하나로 묶어 주었다. 그의 수련은 시와 음악과 검이 모두 하나같이 조화를 이루는 것이었다. 그것은 참시선인의 영향이기도 했다. 참시선인이 그리울 때면 거문고를 내려 연주하고 노래를 지었다. 그의 노래는 일상 가운데서 우연히 만들어지기도 했다. 이를테면 이런 식이었다. 뒷마당에 호두나무와 고욤나무가 한 그루씩 서 있었다. 그 나무들 옆에는 짚으로 지붕을 씌운 측간이 있었다. 측간에서 퍼낸 똥오줌을 짚단과 섞어서 거적으로 덮어 두면 그게 삭아서 좋은 거름이 되었다. 그 거름 탓인지 해마다 호두와 고욤이 실하게 열렸다. 그 열매들은 한두 철 간식으로 좋은 양식이 되었다. 가을이 되어 고욤이 익을 기미가 보이기 시작하면 물계자는 들며나며 고욤이 익었나 안 익었나 살피며 열매를 딸 때를 기다렸다. 같은 부모 밑에 난 자식이라도 다 철나는 때가 다르듯이 한 나무에 열리는 고욤이라도 한날한시에 똑같이 익는 것은 아니었다. 먼저 익는 것도 있고 더디 익는 것도 있기 마련이었다. 마침내 고욤이 알맞게 익었다 싶어서 따 먹으려고 나무를 올려다보았다. 그때, 난데없이 맞은편 호두나무 위에 앉아 역시 물계자와 마찬가지로 때를 보고 있던 까마귀가 날아와 쪼아 먹어버리는 것이었다. 물계자는 아이고 얄궂어라, 하며 이번에는 까마귀가 쪼아 먹기 전에 먼저 고욤을 따 먹겠다고 잔뜩 경계하며 눈독을 들였다. 그런데 이번에도 또 귀신같이 먼저 알고 날아온 까마귀에게 빼앗기고 말았다. 물계자와 까마귀가 둘이 서로 익어가는 고욤을 사이에 놓고 팽팽하게 경쟁을 벌여야 했다. 그때 머릿속에 노래 가사 하나가 떠올랐다. 제목을 '까마귀와 나'라고 지었다. 그러고는 벽에 걸린 거문고를 꺼내 와서 곡을 붙여 노래를 만들었다.

고욤나무에 고욤이 맛있게도 익어가네
아침저녁 들며나며 점찍어 두었는데

까마귀란 놈이 먼저 채 가버리네
얄궂어라 저 고욤조차 내 것이 아니었는데
세상에 어찌 내 것이라 이를 게 있으랴
고욤 한 개도 까마귀와 내가
사이좋게 나누어 먹어야 할 밖에.

사람들은 물계자가 지어 부르는 노래들을 '물계자가'라고 불렀다. '물계자가'는 신라 초기 부족연맹 국가 시대에 나온 최초의 노래였다. 이전의 가무악이 비로소 가악과 무용으로 나뉘게 된 것이 이때부터였다.

물계자는 참시선인과 명승지를 유람하면서 풍류를 즐기던 때가 떠오르면 자기도 모르게 칠점산 쪽을 바라보았다. 그는 어느덧 장년의 나이가 되어 아이를 기르는 가장이었고, 제자들에게도 길을 열어주는 선생 노릇을 해야 했다. 이제 다시는 칠점산으로 돌아가지 못할 것이었다.

"아버지 호두 좀 까주세요."

어린 아들은 호두라면 자다가도 벌떡 일어날 정도로 좋아해서 시도 때도 없이 호두를 까달라고 졸랐다. 껍질이 딱딱한 호두를 돌로 깨어 알을 꺼낼라치면 번번이 호두알이 부스러지기 일쑤였다. 그는 꾀를 내어 수확기가 되면 호두를 전부 따서는 거적으로 덮어두었다. 한 일주일쯤 지나자 딱딱한 호두 껍질이 푹 썩어서 바닥에 깔리고 알맹이가 하얗게 드러났다. 그걸 항아리에 담아 광에 두고 아이들 간식으로 주거나 손님이 오면 곶감 쌈을 해서 다식으로 내놓곤 했다. 물계자의 양지바른 초당에는 드나드는 사람들이 많아서 늘 먹거리가 떨어지지 않았다. 넉넉지 않은 살림살이였지만 부지런한 그의 아내가 수고를 아끼지 않은 덕분이었다. 농사에는 열의도 재주도 없는 남편 때문에 그의 아내는 텃밭 농사를 짓고 산으로 들로 다니면서 나물이나 약초를 캐어 와서 사철 먹거리를 만드느라 분주했다. 그렇게 평화로운 나날이 지나가는가 싶었는데 낙동강을 경계로 국경을 맞대고 있던 신라 변경에서 전쟁이 일어나고 말았다.

내해왕 14년(209년) 가을의 일이었다.

골포국(창원시 마산합포·회원구), 칠포국(함안군 칠원면), 보라국(미상), 고자국(고성군 고성읍), 사물국(사천시 사천읍) 등 포상팔국이 연합하여 아라가야(함안)를 침공하였다. 이에 아라가야국이 신라에 황급히 구원을 요청했다. 아라가야국은 신라와 우호적인 사이였고 포상팔국의 연합은 신라에도 부담스러운 존재가 아닐 수 없었다. 내해왕은 왕손 내음과 장군 일벌 등으로 하여금 6부의 군사를 모아 포상팔국을 공격하라고 명령을 내렸다. 하지만 내음과 일벌 등이 이끄는 신라 관군은 포상팔국의 연합군대를 대적하기에는 역부족이었다. 왕손과 장군의 고민이 깊었다. 장군 일벌은 신라 일대에서 검술로 소문이 자자한 물계자를 떠올렸다. 그의 존재를 익히 들어 알고 있었다.

"우리 신라에는 물계자라는 훌륭한 장수가 있다 하오. 그에게 검술을 배우는 제자들이 하나같이 스승을 일심으로 따른다고 하니 이번 전쟁에 그도 함께 나갈 수 있도록 함이 어떠한지요."

태자 내음은 장군 일벌의 말에 귀가 솔깃하여 흔쾌히 물계자의 초당으로 전령군을 보냈다. 물계자는 포상팔국이 워낙 위협적이어서 전세가 몹시 불리한 상황이란 전갈을 듣고, 생각하고 말고 할 것도 없이 갑주를 갖추고 칼을 메고 나섰다. 두말없이 전령군을 따라나서는 물계자를 지켜보는 아내의 얼굴에는 수심이 가득했다. 장수가 되어 전쟁터로 나가 적군과 싸운다는 것은 살생을 의미하는 일이었다. 또 나라를 위해서는 불가피한 일이라지만 남편이 전쟁터에 나간다는 건 적군에게 목숨을 잃을 수도 있는 일이었다. 물계자는 아내의 상심한 얼굴을 보고 다가가서 말했다.

"들어오면 어버이에게 효도하고, 나서면 임금에게

충성하는 것이 사람의 도리라 했소. 환란을 당해서는 사생을 돌보지 않는 것이 충이 아니겠소. 그러니 나는 지금 사람의 도리를 다하러 가는 것이니 너무 걱정 마시오. 잘 싸우고 돌아오리다.”

그렇게 말하고 씽긋 웃어 보이는 남편에게 그의 아내는 더 이상 걱정스러운 얼굴을 내보일 수가 없었다.

그는 제자들에게 긴급히 전갈을 넣고 거리로 나섰다.

“신라 변경에 포상팔국이 침입했다 하오. 나라가 위태로우니 제군들은 나를 따르시오.”

물계자의 청년 사제들은 두말없이 무장하고 그를 뒤따랐다. 그들의 함성은 하늘을 찌를 듯했다. 위축되어 있던 관군들은 물계자의 군사들이 달려오는 것을 보고 천군만마를 얻은 듯 기뻐서 어쩔 줄 몰랐다. 물계자는 칠점산에서 참시선인과 바둑을 두면서 들었던 말을 떠올렸다.

“어떤 경우든 눈앞의 작은 이익에 연연해서는 안 되느니라. 작은 것을 잃더라도 큰 것을 쥐어야 하며 위태로움에 봉착하면 욕심을 버려라.”

그것은 비단 바둑뿐 아니라 전쟁이나 삶에서도 매한가지였다. 그는 그 말들을 염두에 두고 적군을 향해 달려갔다. 물계자의 군대는 목숨을 두려워하지 않고 싸웠다. 물계자의 칼날이 춤추듯 허공을 한 바퀴 가르면 적군이 수숫단처럼 우수수 쓰러졌다. 그 모습은 적군의 간담을 서늘하게 했다. 적장 하나가 용감하게 물계자의 칼날에 맞섰지만 속수무책이었다. 적장마저 물계자의 칼날에 베어지자 적군은 동요하기 시작했다. 그 틈에 신라의 군사들은 여세를 몰아 적군을 물리치고 전쟁을 승리로 이끌었다. 백기를 든 적군을 보며 물계자의 군사들은 관군과 어우러져 환호했다. 내음은 처음 보는 장수 물계자의 눈부신 활약을 가까이에서 고스란히 지켜보았다. 구척장신인 장수가 큰 칼과 한 몸이 되어 춤추듯 날아다니는 그 힘차고 유연한 동작에 숨이 막힐 지경이었다. 그는 일찍이 그토록 칼을 자유자재로 쓰는 장수를 본 적이 없었다. 내음은 그 위대한 광경을 기억하며 남몰래 가슴을 쓸어내렸다. 왕궁에서 유명한 장수에게 검술을 배운 그로서는 벼슬도 없고 집안조차 변변찮은 물계자의 등장에 심한 질투심과 열등감을 느꼈다. 누가 봐도 이번 승전의 전과는 물계자의 것이었다. 그것이 왕에게 보고된다면 자신의 미욱함이 드러날 게 뻔한 일이었다. 그와 달리 장군 일벌은 물계자의 눈부신 활약에 흥분했다. 신라에 물계자 같은 장수가 나타났다는 사실을 내해왕에게 알려 장차 나라를 지킬 대장군으로 키운다면 그보다 더 든든한 일이 없을 터였다.

"이번 전쟁의 승리는 온전히 물계자의 공이요. 왕에게 보고하여 큰 포상을 내리는 게 마땅한 일인 줄 아오. 신라에 이런 훌륭한 장수가 숨어 있었다는 사실이 얼마나 기쁜지 모르겠소."

장군 일벌은 흥분을 감추지 못했다. 내음은 숨은 칼에 심장이 찔린 듯 가슴이 뜨끔했다. 마냥 승전을 기뻐하기에는 물계자의 존재가 그에게 양날의 칼과 다를 바 없었다.

"그건 제가 알아서 보고할 일이니 장군은 가만히 계시오."

일벌은 내음의 날 선 반응에 잠시 어리둥절했다. 여러 날을 두고 엎치락뒤치락하다 전세가 기울어 위기를 맞았던 전쟁을 단숨에 승리로 이끈 것은 분명 물계자의 공임에 틀림이 없었다. 그 수훈을 흔쾌히 받아들이지 못하는 내음의 삿된 태도가 몹시 불쾌했다. 내음은 질투심에 눈이 멀어 되레 물계자를 백안시했다. 물계자에게 어떤 공훈도 주지 않은 것은 물론 아예 전쟁에 참가한 사실조차 입에 올리지 못하게 장수들에게도 단단히 입막음을 했다.

그 사실을 알게 된 물계자는 허탈했다. 하지만 그

런 기분도 잠시뿐이었다. 부모에게 자식이 어떠한 대가를 바라고 효를 다하는 것이 아니듯이 임금에 대한 충 또한 마찬가지였다. 그저 나라를 위해 임금을 위해 사지로 나갔을 뿐 거기에 어떤 계산이 있을 수는 없었다.

참시선인의 가르침을 기억하며 그는 이내 마음의 동요를 가라앉히고 평정을 되찾았다. 하지만 목숨을 걸고 자신을 따랐던 제자들에게는 면목이 서지 않았다. 그들은 적잖이 실망해서 드러내놓고 불만을 터뜨리기도 했다.

"누가 뭐라 해도 이번 전쟁의 위기에서 나라를 구한 일등 공신은 우리 스승님인데 왕손은 어떻게 저리 씻은 듯이 입을 닫고 아무런 포상도 하지 않을 수 있단 말입니까."

전장으로 떠난 남편을 위해 새벽같이 일어나 정화수를 떠 놓고 치성을 드렸던 그의 아내 또한 같은 심정이었다. 그는 그의 초당으로 찾아와 울분을 감추지 못하는 제자들에게 말했다.

"임금이 위에 계시는데 왕손을 원망하는 건 불충이 아니겠소? 자기 공을 내세우자고 남의 허물을 드러내는 것은 지사나 선비가 할 바가 아니요. 이번에 그대들이 나라를 구한 경험을 토대로 힘써 검술을 연마하여 언제 또 위기에 닥칠지 모르는 신라를 위해서 내실을 다질 기회로 삼는 게 좋지 않겠소. 나 또한 힘써 무술을 연마하여 후일을 기다릴 뿐이오.”

물계자는 그렇듯 세상일에 호들갑을 떠는 법이 없었다. 그저 물처럼 바람처럼 구름처럼 흘려보내면 그만이었다. 지난 일에 대해서 곱씹거나 잘잘못을 따져 마음에 두지 않았다. 사람들은 그것이 그의 남다른 비범함이란 것을 알아차리고 마음속에 더욱더 존경심을 품었다.

3

무술을 연마하여 언젠가 신라에 위기가 닥쳤을 때 나라를 위해 떨치고 나서야 한다고 했던 물계자의 말이 무슨 예언이나 된 듯 그로부터 딱 3년 뒤인 내해왕 17년(212년)에 또다시 전쟁이 일어났다. 포상팔국 중에서 골포국, 칠포국, 고사포국 3국이 연합하여 신라의 해상 관문인 갈화성(현 울산광역시 굴화)을 침공한 것이었다.

내해왕은 군대를 이끌고 직접 출전했다. 이때에도 장수 물계자는 그의 제자들과 전쟁터에 나갔다. 이 갈화성 전투에서도 물계자의 활약은 눈부셨다. 그가 칼을 쓰는 모습은 참으로 독특했다. 검술이라기보다는 차라리 검무에 가까웠다. 그 또한 단지 칼춤이라 할 수 없었다. 물계자의 몸은 칼과 마치 하나가 된 듯 보였다. 우렁찬 기합 소리와 함께 물계자의 몸이 공중으로 떠오르면 그의 긴 칼이 반 박자 늦게 뒤따르며 길게 칼선을 만들어 냈다. 그 긴 칼끝에 햇빛이 번쩍하는 순간 바람에 밀리듯 적장들이 땅바닥으로 쓰러졌다. 물계자를 향해 달려들던 장수들은 그 모습에 간담이 서늘할 지경이었다. 그렇게 한바탕 종횡무진 전장을 휘몰아치는 물계자의 맹활약으로 갈화성 전투 또한 승전으로 이끌었다. 물계자의 제자들은 입을 모아 그가 지은 '물계자가'를 소리 높여 불렀다. 물계자의 검술이 적장들에게까지 소문이 난 마당에 포상이 내릴 것은 두말하면 잔소리였다. 하지만 어찌 된 셈인지 이번에도 아무런 말이 없었다. 조정에서 물계자의 선공에 대한 포상을 논의했지만 왕손의 권위를 업은 내음의 반대로 무산되었다는 소문이 무성했다. 사람들은 이 부당한 처사에 대해 너도나도 입을 보태며 입방아를 찧어댔다.

제자들의 실망은 이만저만 큰 게 아니었다. 울분을 터뜨리면서 왕손의 부당한 처사를 비난하는가 하면 아무 일 없었던 것처럼 태연한 물계자의 태도를 답답해했다. 물계자는 참으로 난처했다.

"우리는 신라를 위해서 나가 싸웠고 적을 물리쳐 승리했소. 응당 할 일을 했으니 그것으로 충분한 게 아니겠소. 의로운 일을 했다고 해서 반드시 대가를 바라는 것은 소인배들이나 하는 염치없고 낯부끄러운 일이요. 공훈의 표창이야 나랏님이 정하실 일이지 우리가 왈가왈부할 일이 아니지 않겠는가. 이제 그만한 일쯤 물처럼 흘려보내면 좋지 않겠소."

하지만 물계자 앞에서는 그의 말을 수긍하고 감복하면서도 그가 없는 자리에 모여 앉으면 여전히 불만을 숨기지 못하고 흥분하는 제자들이 있었다.

"정말이지 아무리 그래도 이것은 부당한 처사요. 저렇게 번번이 스승님의 혁혁한 공이 무시당하는 것을 보고서 앞으로 신라 청년들 중에 누가 나라를 위해 목숨을 걸고 싸우러 나가겠소."

스승을 누구보다 존경하는 제자 하나가 울분을 참지 못해 목소리를 높였다.

"이렇게 억울한 일을 매번 가만히 앉아서 당할 수만은 없습니다. 직접 조정에 이 부당한 사실을 알려서 스승님의 공로를 찾아드려야 하지 않겠습니까."

"옳은 말이요."

제자들의 원성이 물계자의 귀에까지 들어오자 그

는 마음이 편치 않았다. 그는 아내에게 술상을 차려 오게 해서 제자들을 한자리에 불러 모았다.

"자, 내 술이나 한잔 받으시오."

물계자는 불만이 제일 많은 제자에게 술을 권했다. 그러고는 목청을 뽑아 노래를 선창했다. 모여 있던 제자들은 그의 선창에 맞추어 '물계자가'를 불렀다. 흥이 난 제자들이 물계자에게 거문고 연주를 청했다. 그는 마치 기다렸다는 듯이 거문고를 안고 자신이 지은 곡을 연주하면서 노래를 불렀다. 그의 목소리는 여느 때보다 더 단단하고 묵직했다. 연주 또한 바람이 대나무 가지 사이를 빠져나가듯 날렵했다. 도무지 격하거나 처량한 느낌이라고는 조금도 없는, 잡음 하나 섞이지 않은 맑고 그윽한 연주였다. 거문고 연주에 맞추어 덩실덩실 춤을 추던 제자 하나가 문득 동작을 멈추었다. 모여 있던 제자들 또한 약속이나 한 듯이 미동도 하지 않고 신비한 금의 소리 속으로 빠져들어 갔다. 훗날 제자들은 그날 스승님의 연주가 어딘지 좀 이상했노라고, 세상에 대한 어떤 욕망도 남아 있지 않은, 마음을 통째로 비운 사람의 연주 같았다고들 말했다.

제자들이 모두 돌아간 뒤, 물계자는 침통한 목소리로 아내에게 말했다.

“임금을 섬기는 공은 나라가 위태할 때는 목숨을 바치고, 환란을 당해서는 자기 몸을 잊어버리고 절의 만을 지키고 사생을 돌보지 않는 것이라고 했소⋯. 보라와 갈화의 싸움은 진실로 나라의 환란이었고 임금의 위기였는데도 되짚어보면 나는 일찍이 자기를 잊고 목숨을 바친 용맹이 없었으니 이것은 심히 불충한 것이요. 돌아가신 아버님께도 누를 끼쳤으니 어찌 이를 효라고 하겠소? 내 이미 충효의 도를 잃었으니 무슨 면목으로 거리에 나가 사람들을 만날 것이며 조정과 시정에 설 수 있겠소? 인제 그만 사체산으로 들어가서 노래나 지으면서 살았으면 하오.”

사체산은 일찍이 그가 참시선인을 모시고 명승지를 유람하면서 가본 산 중에 가장 깊은 산이었다. 그의 아내는 남편의 속내를 이미 다 꿰뚫어 보고 있었다는 듯 아무런 동요도 대꾸도 없이 방바닥에 가만히 이부자리를 깔 뿐이었다.

4

사체산은 한없이 깊고 또 깊은 산이었다. 봄 산에는 진달래 개나리가 흐드러지게 피고 아까시나무 향기가 온 산을 진동했다. 소나무, 잣나무, 밤나무, 떡

갈나무가 숲을 이루고, 끝없이 피어오르는 뭉게구름, 골짜기를 굽이쳐 흘러 수직으로 떨어지는 폭포수가 포효하고, 머루, 다래, 고사리, 참나물, 임자 없는 불로초 등 먹거리 또한 지천이었다. 노루 사슴이 뛰어놀고 온갖 새들이 지저귀는 사체산 깊은 골에는 그런 자연만 있는 게 아니었다. 세상을 등지고 산속에서 자기만의 세계를 가꾸어 나가는 사람들도 살고 있었다. 숯을 구워 마을에 내다 팔면서 그 숯으로 기가 막힌 그림을 그리는 사람도 있었고 축지법을 쓰는 사람도 있었다.

물계자는 사체산에 들어간 이후로는 마을에 내려가는 법이 없었다. 여름날에는 거문고를 메고 시원한 숲으로 들어가서 노래를 지었다. 때로는 대나무의 곧은 성벽에다 자신을 빗대어 시를 짓고 바람 소리 새소리에도 자신의 마음을 실어 노래를 지었다. 너럭바위에 올라앉아 폭포수 소리를 들으면서도 노래를 지었다.

수직으로 내리꽂히는 저 폭포수는
한 무리의 적군이 한꺼번에 달려들며
아우성치는 소리와 같네
이러쿵저러쿵 시비하고 따지고 드는
세상 사람들 소리 듣기 싫어

사체산 이마 높이 올라왔더니
폭포수가 포효하며 기억을 일깨우네

　노래를 지으면서도 물계자는 포상팔국과의 전쟁에서 대승하여 적장의 목을 베고 포로로 잡혀 있던 6,000여 명을 본국으로 다시 돌려보낸 일을 흐뭇하게 떠올렸다. 그러고는 오래 폭포수 아래에서 거문고를 연주했다. 그의 아내는 멀리서 혹은 가까이서 들려오는 거문고 소리에 남편이 어디쯤 있는지를 가늠해 보곤 했다.

　물계자는 칼을 버리고 달랑 거문고 하나만 들고 사체산에 들어간 지라 거문고를 마치 새색시처럼 아꼈다. 세상에 다시 없는 훌륭한 소리를 내는 악기였다. 간혹 처음 자신에게 거문고를 가르쳐주던 서린의 얼굴이 떠올랐다 사라지곤 했다. 음악 또한 그렇게 연주하는 그 순간에 사라지고 마는 것이어서 참시선인이나 서린이 타던 가락을 기억해 내 연주하거나 구전심수의 가락을 연주하기도 했다.

5

　물계자가 사체산에 들어간 지 이태가 되는 어느 따

뜻한 봄날이었다. 햇살이 좋은 마루에 앉아 한참 거
문고를 타며 노래를 만들고 있었다. 그때, 누군가 구
음으로 노래를 따라 부르는 것이었다. 그는 화들짝
놀랐다. 무대에 오른 배우처럼 거문고를 어깨에 멘
서린이 나타난 것이었다. 그것은 마치 동굴 속이거나
커다란 항아리에서 울려 나오는 것처럼 깊고 그윽한
목소리였다. 물계자는 뜻밖의 조우에 반가워하며 술
상을 보아 그간의 지나온 일들을 이야기 나누느라 시
간 가는 줄 몰랐다. 그러면서도 물계자는 참시선인의
안부를 묻지 않았다. 굳이 묻지 않아도 참시선인은
여전히 그 법음 같은 목소리로 후학들을 가르치고 거
문고를 연주하며 죽지 않고 살아 있을 거란 믿음 때
문이었다. 술이 몇 순배 돌자 물계자는 서린에게 자
신이 지은 노래를 불러보게 했다. 서린의 웅숭깊은
목소리는 물계자가 지은 노래에 그럴 수 없이 잘 어
울렸다. 그 때문에 서린의 목소리를 떠올리면서 노래
를 만들곤 했는데 봄빛이 짙어갈 무렵 서린은 온다
간다 말없이 사라지고 말았다.

　물계자가 사체산 깊숙이 은거한 이후에도 어떻게
알았는지 그 깊은 산속으로 그를 찾아와 선도를 연
마하는 후학들이 있었다. 그는 그들을 교도하며 여러
산을 돌아다녔다. 지리산은 예로부터 신령스러운 산

이며 도인이 탄생하는 땅으로 불렸다. 바로 그 지리산에서 온 도선에게는 풍수지리법과 권법을 가르쳐주기도 했다. 사체산에 들어온 이후로 어찌 된 셈인지 물계자는 점점 참시선인을 닮아가는 듯 목소리는 법음 같고 얼굴은 백옥같이 희었다. 도선이 훗날 금강산에서 다시 그를 만났다고 했는데 그의 얼굴은 어린아이같이 천진하고 살결이 눈처럼 희었다고 한다. 그는 물병을 들고 노래를 부르고 있었는데 그 노래는 자신이 직접 지은 '물계자가'였다. 그 당시 그의 나이를 150세라고도 하고 200세에 가까웠다고도 했다. 그는 젊은 날 그가 흠모했던 참시선인과 같은 신선이 되어 있었던 것이다. 그는 신라의 충신이었으나 공명을 버리고 고결한 음악을 택했다. 물계자는 현실을 비유하거나 시냇물 소리 새소리 바람 소리에 비겨 거문고를 타며 곡을 붙이고 가사를 쓴 금곡 가악의 원조였다. 그것이 바로 물계자가였다.

　2020년 이후에 발표한 단편 8편 중에서 6편을 묶는다. 퇴고가 더 필요한 2편은 다음 기회를 볼밖에. 교정지를 읽다 보니 각 단편들을 쓸 때마다 겪었던 여러 가지 사연들이 문득문득 떠오른다. 진실이 분명히 드러나는 아주 그럴듯한 거짓말을 써야지 했는데 제대로 되었는지는 잘 모르겠다. 그저 이야기 짓는 일을 내가 참 재미있어한다는 사실을 확인했을 뿐.

　어떤 인물과 사건은 질기게 마음속에 남아 뒤늦게 이야기가 시작되기도 한다. 이번 소설집에 실린 「재심」의 경우가 그러하다.

　등단 무렵, 그 천지 분간도 못 하던 때, 장편을 쓰겠다고 집 근처 암자에 집필실을 얻었었다. 장기간 취재한 인물과 수집한 자료가 한 보따리였다. 아이들 학교 보내고 나면 올라가서 새벽까지 쓰고 내려왔다. 따라오는 달을 벗 삼아 내려가던 산길에서도 머릿속에는 공권력에 피 흘리는 인물들의 고통을 어떻게 생생하게 그려낼까 하는 이야기로 꽉 찬 그 시간들. 소설과 나 사이에 어떤 매개항도 없었던 시절. 참 아름다웠노라 기억한다. 비록 소설은 실패하여 기억으로만 남았지만.

그 기억의 불씨가 되살아난 것은 바로 몇 해 전이었다. 32년 만에 살인누명을 벗은 한 남자가 재심에서 승소했다는 사실을 접하고서였다. 재심이란 단어가 참 여러 각도로 읽혔다. 한 번쯤 자신의 인생을 재심해 보고 싶지 않은 이가 어디 있으랴.

수첩을 꺼내 재빨리 메모를 했다. 이런 첫 문장이 나왔다.

재심에서 무죄를 받으면 피해보상금이 장난이 아니래.

아들이 말했다.

그래? 너는 왜 내가 무죄라고 생각하니?

아버지는 간첩이 아니었잖아요. 반공법을 위반한 적도 없고요.

그래? 너는 어떻게 그리 나를 잘 아니? 나는 유죄이기도 하고 무죄이기도 하지. 아니 모르겠어. 정말. 반반이 아닐까.

아빠는 참, 양념 반 프라이드 반도 아니고. 웬 반반?

리재순이 북으로 가자고 했을 때, 왜 따라갔느냐고 판사가 묻는데 반반이었다고 말했거든. 자의 반 타의 반이었다고. ㅎㅎ 기대하지 마. 어쨌건 나는 재심 따윈 하지 않을 거니까.

(중략)

단편 「재심」은 수첩에 쓴 이 메모가 뼈대가 되어 비로소 이야기를 시작할 수 있었다.

하루, 이틀, 한 달, 두 달이 아니라 이렇게 25년여를 묵혔다 한 편의 소설로 나타나다니. 소설 짓는 일, 참 징글징글하고도 재미있지 않은가.

말 나온 김에 생각나는 사연 하나만 더 소개하자면 표제작의 경우에는 제목이 먼저 왔다.

〈박이소 작가 유작전〉에 갔다가 그가 부르는 노래 작품을 보았다. 빌리 조엘의 〈Honesty〉를 작가가 직접 번안 개사한 노래였다.

정직성 정말 외로운 그 말 더러운 세상에서/Honesty 너무 듣기 힘든 말 너에게 듣고 싶은 바로 그 말

예술가의 사회적 역할에 대한 고민이 컸던 작가는 "좋은 예술 작품은 불교 승려의 깨달음과 같다."고 말했다. 거짓과 위선으로 세상의 부와 명예를 탐하고 아성을 쌓아가는 인간 군상들의 면면이 떠올랐다. '정말 외로운 그 말'이 입에 찰떡같이 붙는 느낌이었다.

코로나19 팬데믹 선언이 있었던 그해 여름, 토지문화관에서 그 첫 문장을 시작했다. 끝도 없는 지루한 장마가 계속되었다. 쏟아지는 빗소리를 들으며 썼다. 천둥소리에 깨어나 밤잠이 안 오면 일어나서 또 책상에 앉았다. 그 탈속의 시간이 다디달았다. 〈Honesty〉를 흥얼거리며 걸어 다녔다. 버스 탈 일이 있으면 일부러 집필실에서 가까운 회촌 종점을 마다하고 타박타박 걸어서 매지 정류장까지 가서 타곤 했다. 정류장 가림막에 붙은 박경리 선생이 쓴 '산골 창작실의 예술가들'이란 시가 좋아서. "숲속을 헤매다 돌아오는 그들/식사를 끝내고 흩어지는 그들/마치/누에꼬치 속으로 숨어들 듯/창작실 문 안으로 사라지는 그들/오묘한 생각 품은 듯 청결하고/젊은 매같이 고독해 보인다" 이 마지막 연을 읽으면 매번 가슴이 먹먹해지곤 했다. '모이 물어다 먹이는 어미 새' 같은 선생의 마음이 고스란히 느껴져서다. 내가 뭐라고. 밥값을 해야지. 마음을 다잡자 글이 술술 풀리는 느낌이었다.

여전히 우리 사회에서 이토록 사무치게 외로운 말이 또 있을까. 정말 외로운 그 말. 그 노래가 이 이야기를 쓰게 했다.

어쩌다 보니 2025년 한 해의 끝자락이다.

내 어깨에 기대어 잠자듯 고요히 심정지를 맞은 그 여자의 얼굴이 잊히지 않는다. 처음 보는 낯선 사람이었다. 인연 없는 짐승은 만나지지 않는다는데. 그녀는 무슨 인연으로 버스 안에서 생면부지의 내 왼쪽 어깨에 새처럼 고요히 내려와 앉았을까.

내가 누군지 모르겠어요. 치맨가 봐요. 고맙습니다.

그녀가 모깃소리만 하게 말했다. 그러고는 숨을 멈추었다.

옆 칸에 앉은 대구 시민 미주 씨가 함께 임종을 지켰다. 광안리 불꽃 축제 20주년을 즐기고 돌아가던 길이라고 했다. 세무 일을 하는 미주 씨는 언젠가 잊을지도 모르겠다. 하지만 나는 그 일을 잊지 못하고 오래 곱씹으며 언젠가는 나의 이야기 속으로 가져오게 되지 않을까. 그것이 소설 쓰는 인간의 운명이겠지 싶다. 모르는 사람의 일을 곰곰이 따져 들어가는 것….

부족한 원고를 받아 들고 예쁜 책을 만드느라 노심초사하신 이선화 편집자님과 산지니 식구들에게 감사 인사를 전한다. 책이 나오면 미주 씨에게 안부를 전할 참이다. 모두 모두 편안한 연말이 되길 빌면서.

2025년 끝자락에
정우련

수록작품 발표지면

「재심」, 『작가와 사회』 2023년 여름호.

「정말 외로운 그 말」, 『좋은 소설』 2020년 가을호.

「은어가 사는 강물」, 『소설로 읽는 한국환경생태사 2』, 한국문화사 편찬위원회 편, 2024년.

「클레멘타인」, 『좋은 소설』, 2024년 가을호.

「여왕의 향기」, 『소설로 읽는 한국여성사 1』, 한국작가회의 소설분과 위원회 편, 2022년.

「물계자의 노래」, 『소설로 읽는 한국음악사 1』, 한국작가회의 소설분과 위원회 편, 2023년.